INK INK INK INK INK INK IN
K INK INK INK INK INK INK
INK INK INK INK INK INK IN
K INK INK INK INK INK INK
INK INK INK INK INK INK IN
K INK INK INK INK INK INK
INK INK INK INK INK INK IN
K INK INK INK INK INK INK
INK INK INK INK INK INK IN
K INK INK INK INK INK INK
INK INK INK INK INK INK IN
K INK INK INK INK INK INK
INK INK INK INK INK INK IN
K INK INK INK INK INK INK
INK INK INK INK INK INK IN
K INK INK INK INK INK INK
INK INK INK INK INK INK IN
K INK INK INK INK INK INK
INK INK INK INK INK INK IN
K INK INK INK INK INK INK
INK INK INK INK INK INK IN
K INK INK INK INK INK INK
INK INK INK INK INK INK IN

INK

文學叢書

248

穿旗袍的姨媽

里程◎著

此書獻給
那些自由的心靈
那些為絕望之人帶來希望
那些流落他鄉四處漂泊的
我的朋友

目次 CONTENTS

第一章

穿過爬滿青藤的籬笆小徑，穿過彎彎曲曲的風塵歲月，打著一把黑傘的二姨媽從烈日炎炎的天空下款款走進我的視線。懸浮的遮陽傘，旗袍襯出的娉婷身段，還有那雙耀眼的、不時被籬牆叢草所掩映的白色高跟鞋，一次次招來行人驚異的目光。

1

那個坐在綠色小椅子上的男孩就是我。那時我幾歲？三歲還是四歲？

我不像有些人那樣具有超凡的記憶力，事過幾十年之後還能清晰地回憶起生活在子宮裡的情形以及咿呀學語時的每一個細節。我不行。童年於我來說，只是一片朦朦朧朧的海。支離破碎的往事猶如暗夜裡的燈塔，從遙遠的地方朝我眨著眼睛。當我坐在北風敲打窗櫺的斗室裡，點上一支菸，那混沌海面上最爲耀眼的一個亮點便飛馳而來，迅速放大，很快照亮了我的記憶。

我坐在綠色小椅子上。孤零零的一個人。

幼稚園內已變得空空蕩蕩，兩位換下湖藍色衣兜的阿姨在打蠟地板上走來走去。她們一會兒捏捏已經關閉的窗戶把手，一會兒將屋內一長溜小椅子逐個排放整齊。這樣重複好幾次之後，一位阿姨抬腕看了看手錶，用一種不耐煩的目光覷著我。我想，那時我的模樣一定糟糕透了。耷拉著腦袋，兩隻小手放在背後，就像平時阿姨要求我們所做的那樣。不時有行人的影子在門柵分隔的空檔裡閃來閃去。我曾一次次把目光投向門口，眼巴巴地看著小朋友們被他們的父親母親接走。沒有人來接我。我想是不會有了。我知道我錯了。要不，阿姨是不會用那種眼光看我的。

一位阿姨走了。留下的另一位阿姨不知道爲什麼給我拿來了一副積木，放在我面前的小桌上。我一動不動。幼稚園裡有規矩，哪個小朋友犯了錯誤，阿姨對他的懲罰就是讓他坐在牆角，不允許他參加任何遊戲活動。我受過這樣的懲罰，現在我更應該受這樣的懲罰。

阿姨坐在小桌上打毛衣。牆上的掛鐘滴答滴答走個不停。斜陽照在窗台上，一隻小蟲子緩緩爬上彩色玻璃窗，牠越爬越高，碰到窗框後噗地掉下，小蟲子穩穩身子，又開始艱難地向上蠕動……遠處汽車的呼嘯聲漸漸稀落。門柵的空檔裡很少有行人的影子掠過。

我的腦袋變得沉重無比，眼睛迷迷糊糊，像睡著了一般。這時候，門口傳來一聲輕輕的呼喚。

我遲疑了一下，沒有抬頭。

又一次的呼喚。這回我聽明白了，是叫我的名字：駱駝。

我抬起頭，憑藉一縷暮色，看到門口亭亭站立著身穿旗袍的二姨媽。時間在那會兒凝固了片刻。

我從椅子上蹦跳起來，哇的一聲哭喊著朝門口奔跑而去……

二姨媽將我抱起之後，我是淚流滿面泣不成聲，兩隻小手緊緊地緊緊地抓住了她的衣服。

2

多少年過去了，我的二姨媽依然不停地絮絮叨叨地向人訴說我童年裡的這一場景。這一場景是有象徵意義的。

它是一條狗。它追逐我已經存在的歷史，並將繼續追逐我以後的生命。我之所以那樣害怕在人群裡遭受冷落而置身熱鬧氛圍時又難以眞正投入，我之所以喜歡把自己關閉在塵囂之外一個人靜處，比較早地獲得一種淡泊的心境而在生命裡又熱切渴望任何一種呼喚，我想，都與童年時代的這一場景有關。

迄今爲止，無論什麼場合，什麼地方，只要有人哪怕用溫和友好的聲音叫喚我的名字，我的心也會莫名地悸動不已。

還有，我最忌諱的一件事就是別人將背對著我。我寧可閉上眼睛也不願面對冷冷的如牆一般的背。所以，從幼稚園回家的路上，當五十出頭的二姨媽氣喘吁吁地提出要改換一種姿勢，把我從她的前胸移到她的背部，我即刻哇哇大叫，兩條腿亂踢亂蹬，兩隻小手緊緊勾住了她的頸脖。

二姨媽只得打消她的念頭，抱著我沿林蔭道一步步走去。我似乎很高興二姨媽沒有堅持把我轉移到她背上去的努力，臉蛋依偎在她的頸窩，一隻手撥弄她綰在後腦勺的髮髻。

「不要亂動。」二姨媽躲閃了一個腦袋。

二姨媽的髮髻顯然有一種吸引我的魔力，我的手情不自禁地又觸到了它。

「你再亂動，我就不抱你了。」二姨媽提高了嗓門，臉頰浮現微微的一抹紅暈。

我學乖了，一隻手老老實實地搭在二姨媽的手臂上。二姨媽的手臂雪白雪白，像藕一樣。

二姨媽開始爬坡。我感到自己在一點點增高。我看到前面有一座橋，橋下的河水汩汩流淌，幾隻停泊河邊的小船點起了油燈，微弱的燈火在瀰漫霧氣的河面上時隱時現，好看極了。

二姨媽和我來到了橋上。在橋欄中央附近，我看到一些人圍著一個小攤販，他們好像都在吃著什麼東西。頓時，我覺得喉嚨裡的口水咕咕地往下流，我隨即說：「姨媽，我餓。」

二姨媽看看我，然後將我放下，掏出錢包跑去買回了兩塊熱呼呼的紅薯。我站在橋墩上，二姨媽站在我的身旁，我們一邊吃著紅薯，一邊俯瞰燈火點點的河面。在我記憶中，那是吃得最香的一頓晚餐。

很多年以後，二姨媽還經常向人提及那兩塊熱呼呼的紅薯。她是這樣來解釋她當初的行爲：小孩子想吃什麼就一定要滿足他，不然他會生病的。她說她小時候非常想吃剛摘下來的玉米，她的母親——也就是我的外婆不給她吃，以至於她想啊想，結果得了相思病。

我不知道基本上是一個文盲的二姨媽所講述的故事有多少眞實性，不過現在回想起來，當時二姨媽為我花了那一毛錢確實不容易。你只要想想我二姨媽一個月拿三十元的退休金，死後竟然留下兩棟房產，許多行情看漲的紅木家具，以及現在已很難搞清楚確切數目的金銀首飾，就可以知道她這一輩子節儉的程度。我的二姨媽一生中最大的樂趣就是逛調劑商店。那時叫舊貨店。二姨媽有許多年代久遠的貴重物品，都是從調劑商店用低廉的價錢買來的。陽光明媚的日子，二姨媽總像去和情人幽會一般打扮得山青水綠，身穿綢緞旗袍，臂挎一只草編工藝包，娉娉婷婷地走出我們的小街。那時不用問，她一定是去調劑商店。這座城市裡大概沒有二姨媽所不知道的調劑商店。再小再偏僻的店鋪也會被她發掘出來。她像沙裡掏金似地在那些店鋪裡一遍遍地轉悠尋覓，循環往復樂此不疲。

令人難以置信的是，我的沒有什麼文化的二姨媽長年累月所收購的很多東西都具有相當高的文物價值。二姨媽那種對古玩準確到神奇的判斷力，好像是天生的。二姨媽將她認為值錢的紅木家具衣櫥箱櫃以及許多精緻古老的小擺設統統祕藏在那棟黑瓦紅牆的高樓房裡。她生前幾乎不向任何人打開這棟擁有粗木屋樑的紅樓房。好像是為了守護這棟神祕而氣派的紅樓房，二姨媽在它的旁邊另造了一間灰色平房。灰矮房是二姨媽飲食起居的主要活動空間。它年久失修，牆壁斑駁，在那棟氣宇軒昂的紅樓房面前就像一隻醜小鴨，灰溜溜地蹲伏在那兒。灰矮房內的四面牆上，黑乎乎沾滿了厚厚的煙塵，那是二姨媽長久以來燒灶頭的結果。她不捨得買燃料，用來燒灶頭的柴禾都是問人要來的。街坊鄰居哪家做木工，二姨媽便拿一只大麻袋將那些刨花啦碎木塊之類的一袋袋往回拉。灶頭上熬出的二姨媽的主食，通常就是放了幾片菜葉的玉米糊。夜深人靜的時候，左鄰右舍都已入睡，那間灰矮房開始傳出鼴鼠般的走動聲和柴禾燃燒的劈啪聲。灰矮房裡的聲響一直要持續到凌晨時分才漸趨平靜。二姨媽起居無常，飲食粗糙簡單，但奇怪的是她並不見老，五十多歲的身影裡依舊保持著年輕時的風韻。灰矮房裡一年四季的煙熏火燎，也沒使她的皮膚變黑變皺。只要稍加修飾，換了料子上好的緊身旗袍，藕色的臂腕挎上草編工藝包，手套兩只翡翠鐲子，我的二姨媽又是那樣的光彩照人！

一九七五年年末，辭舊迎新的爆竹聲剛剛響起，我的二姨媽匆匆告別了人世。人們走進灰矮房，看到二姨媽曾經躺過的一張鋪了舊棉絮的竹榻。支撐竹榻的是幾排疊疊起來的磚塊。舊磚塊堆滿了四周的牆角，二姨媽還沒來得及將它們排放整齊。這些舊磚塊耗去了我姨媽生命的最後一點體力。在死神向她一步步逼進之際，她依然像螞蟻搬家似地往家裡搬運那些舊磚塊。我始終不能明白，二姨媽孤身一人，擁有兩棟房產，她還要那些舊磚塊幹什麼。她莫非還想建造第三幢房子？她膝下沒有一個後代，造那麼多房子給誰住呢？她難道就沒有想到過死嗎？

二姨媽肯定以爲她是不死的。雖然她說到過死。

我很快吃完了屬於我的那塊紅薯。我把薯皮也一古腦兒塞進嘴裡吞了下去。我滿足地用一隻手拍拍自己的腮幫子，另一隻手摸摸二姨媽梳得很光滑的頭髮。二姨媽個子不高，我站在橋墩上用手撫摸她倒像我是一個大人。

「你母親好，還是姨媽好？」二姨媽似乎並不反對我撫摸她。

「姨媽好，母親不好。」

「你母親很辛苦，她在上中班。」

「她不來接我，就是不好。」

「你長大以後，不要忘記是姨媽帶你到這裡來玩的。」

「唔，你長大以後不要忘記……」

「你說『我長大以後』……」

「我長大以後你不要忘記……」

「壞坯子，是『你』不要忘記。」

「是……我不要忘記。」

「永遠不忘記？」

「永遠。」

「姨媽死了呢？」

「死了也不忘記。」

「壞坯子。」

「姨媽……姨媽不會死的。」

3

穿過爬滿青藤的籬笆小徑，穿過彎彎曲曲的風塵歲月，打著一把黑傘的二姨媽從烈日炎炎的天空下款款走進我的視線。

懸浮的遮陽傘，旗袍襯出的娉婷身段，還有那雙耀眼的、不時被籬牆叢草所掩映的白色高跟鞋，一次次招來行人驚異的目光。一群嘁嘁喳喳的小學生，也許是剛剛放學歸來，也許是糾集起來準備去捉蟋蟀，他們看到迎面走來的二姨媽後在路邊一字排開，像是接受檢閱似的鴉雀無聲。

哦，小街，我的生長地，它像是一條小河，它更像是富貴和貧賤的分界線。沿河兩岸一側是樹木蔥鬱的花園洋房，一側是錯亂布局的灰瓦房。但即便是從花園洋房裡走出來的人，也不會像二姨媽那樣打扮得令人瞠目相看。

二姨媽逕自走去，遮陽傘下的一片陰涼搖搖晃晃朝前移動。這時候從那群小學生中間傳出了輕輕的一聲嘀咕：地主婆，眞神氣。

黑色遮陽傘凝固住了——傘下的二姨媽緩緩轉過身來，我看到她的臉上布滿茫然而憤懣的神情。她的眼睛在搜索，在尋找。

小學生們開始騷動起來，相互間推推搡搡，忽地像一陣風似地奪路而逃，他們一面逃一面嘴裡還發出含混不清的喊叫聲，紛亂而尖厲的聲音在小街上空四處飛揚……

這些嘹亮的童音始終無法從我耳邊消散。它們猶如晶瑩五彩的泡沫，帶著無盡的疑問，從歲月的縱深處綿綿不斷地向我飄來。它們一次次地提醒我：二姨媽清苦的一生中是有過男人的。

二姨媽是「地主婆」，那「地主」是誰呢？

那曾經在二姨媽生活中出現過的男人是死了，還是和二姨媽離異了，一個雨過天青的日子，我曾就這個問題問過母親。

兩鬢染霜的母親臉上浮現若有所思的神情，顯然，她也無法解開這個謎。母親告訴我，二姨媽從小脾氣古怪，與兄弟姊妹都合不來，在外公外婆面前也不得寵。十五歲那年，二姨媽隻身一人離家出走，從此杳無音訊。直到外公外婆相繼去世，一個歸鄉的遠房親戚才捎來二姨媽的消息和一些錢物。那個歸鄉人說二姨媽現在闊了，跟了一個富家子弟，錢財是吃不完穿不完。

有關二姨媽的下落在故鄉的小河兩岸不脛而走，青石板橋兩側聚集了三三兩兩議論不休的鄉親們，在他們眼裡，違背鄉俗與人非法同居已屬大逆不道，不回家奔喪以盡孝心更是泯滅天良。在族裡幾位有聲望的長輩主持下，二姨媽捎來的錢物被扔進了野狼出沒的山谷。外公外婆合塚落葬儀式後的第二天晚上，族長當著眾人的面，在祠堂內的族譜上抹去了二姨媽的名字。故鄉就以這樣的方式來遺忘和唾棄她的不孝子孫。

我母親在遠離家鄉的地方再度見到二姨媽已是二十多年以後的事。她沿著一條彎曲的河濱溯流而上，穿過一座座搖晃不已的小木橋，在城市邊緣靠近郊野的地方，找到了孤身獨居的二姊。從那以後，我母親先是租賃後買下了坐落河邊的青瓦歇山頂樓房，和二姨媽比鄰而居。姊妹倆雖說幾十年齟齬不止，命運卻再也沒有提供讓她們分開的機會。據此大約可以推斷，二姨媽可以稱得上感情生活的故事基本上都發生在離家流亡的那二十多年時間裡。

二姨媽爲什麼沒有生兒育女，後來爲什麼又沒有再嫁人，一個人孤獨地在這個世界上行走，直到生命的盡頭，這始終像一團團迷霧，讓人捉摸不透。

我相信，二姨媽在是否一輩子守寡的問題上曾經產生過動搖。

二姨媽和母親有過無數次的爭吵，其中有一次的爭吵非常蹊蹺。起先姊妹倆竊竊私語，好像商量著什麼緊要的事。爲了避開已經懂事的我，她們走得很遠，站在草木叢生的籬笆牆邊交談。後來我聽見二姨媽的嗓門漸漸高起來，那時候我已預感到母親和二姨媽的爭吵是不可避免了。

二姨媽氣咻咻離去時將我家小院的籬笆門重重地甩了一下。母親顯得很委屈，她神思恍惚地朝家門走來，嘴裡不停嘟噥道：世上竟有這樣的人，是她自己來徵求別人意見的，又莫名其妙發那麼大火。

我總覺得她們談的是關於一個男人的事情。而且那還是個我見過的男人。

從我記事起，二姨媽在很多場合不止一次地說過她討厭孩子。但我知道那不是眞的。也許只有我知道那不是眞的。

我想，倘若二姨媽眞要討厭孩子，當初她就不會去幼稚園接我，不會一路上抱我給我吟唱童謠，不會在昏黃路燈映射的林蔭道上出現這樣的一場對話：

「你長大以後不要忘了姨媽。你會忘了姨媽嗎？」

「我長大以後賺很多很多錢給姨媽用。」我信誓旦旦地說。

我沒想到二姨媽聽了我毫不負責的許諾竟會那麼高興，她出聲地笑了，笑得那樣舒暢，那樣盡情，格格的笑聲在林蔭道上傳得很遠。

好像是對我許諾的獎賞和回報，二姨媽說：「今天晚上你和姨媽一起睡，姨媽帶你到紅樓房去睡覺，你說好嗎？」

「好，好。」我使勁拍著手。那棟紅樓房我從來沒有進去過，它是如此神祕，對我充滿了誘惑。

那天晚上，當二姨媽牽著我的手來到紅樓房的門口，我幼小的心靈莫名地被一種忐忑不安的情緒所籠罩。至今我仍然無法辨別清楚，那種情緒的產生究竟是源於二姨媽第一次向我打開那棟紅樓房呢，還是它本身就預示了那天夜裡後來發生的事情。

那天夜裡的月光出奇的好。

二姨媽掏出一大串鑰匙，在月光下摸摸索索打開了紅樓房森然的木門。隨著靜夜裡傳出一聲清脆的「吱呀」聲，我感到一股冷颼颼的馥郁氣味撲鼻而來。

二姨媽進屋後擰亮了一盞光線微弱的燈，但我想說她擰亮的無疑是長長的一串奇蹟。

我看到了什麼？

那不分明就是童話世界裡的宮殿嗎？

一屋子林立的紅木櫥櫃、古色古香的大理石屏風、擺滿陶瓷器皿的玻璃架、不計其數的紅木桌椅以及一只彩釉鏤空的鼓狀石凳……它們將這間寬敞的大屋子占據得滿滿的，在幽暗的燈光裡散發著一種詭譎而迷人的氣息。

二姨媽引領我在宮殿裡穿行。

紅木家具之間狹小的空隙剛夠我們側身而過。我的手被二姨媽攙著踏上了很陡的大木梯。鋥亮發黃的大木梯宛如一架天梯，在它的盡頭，我看到一扇藍瑩瑩的天窗。樓上的擺設主要就是圍繞一張碩大的柚木梳妝台而鋪開的，四周重重疊疊的幾乎全是樟木箱。而我更感興趣的則是那張奇異古怪的鐵床。鐵床像一隻船，高高的床杆像船桅，直指斜坡屋頂，床杆的頂端分別飾有四隻獸頭，好像巡視著浩瀚的海域，床架上像壁畫似地畫滿了各種各樣的圖案，畫裡的男男女女都不大喜歡穿衣服，他們的身上還同樹一樣長著綠葉。二姨媽替我脫去衣服，將我抱上床。我興奮得又蹬又跳，鐵床叮叮咚咚發出悅耳的聲音。

「別亂動，好好躺著。」二姨媽替我蓋上毛巾毯，之後背對我慢慢脫去旗袍，我看到了二姨媽雪白雪白的肩胛和渾圓的背部。不一會兒，她擰滅了燈，也鑽進毯子躺在我的身旁。

二姨媽和我就這樣靜靜躺著。

那時候我一點都沒想到接下去可能會出現的話題。我癡迷地仰望著斜坡屋頂上的天窗，藍寶石一般的天穹裡綴著一顆顆晶亮的星星，它們在遙遠的地方朝我不停地眨著眼睛。

「你說，你給姨媽做兒子好不好？」

我怔住了。我沒想到姨媽會這麼問。我感覺到了一種危險性。

「怎麼，你不肯給姨媽做兒子？」二姨媽追問了一句，她的眼睛在暗夜裡閃閃發光。

我不知道怎麼說，不知道說什麼好。

「好哇，你不肯，這大概是你媽教你的吧？」

二姨媽這樣說是不公平的。母親從未教過我什麼。相反，母親倒是經常笑嘻嘻地用這個話題來刺激我：你給二姨媽做兒子有什麼不好？十年以後，當母親與姊商量著如何把我藏起來，以躲避日趨惡劣的時局和環境，愁容滿面的母親用不無遺憾的口吻歎息道：要是當初你肯給二姨媽做兒子就好了……

在我童年時期，我已記不清向二姨媽許過多少願。我曾那樣爽快那樣不負責任地許諾，儘管事後證明那些諾言一個都沒兌現。奇怪的是，在是否給二姨媽做兒子這個問題上我卻顯得極爲頑固，我居然一次也沒鬆過口。

我爲什麼要守口如瓶，從不滿足二姨媽的這一願望？

倘若某一刻我猶豫了，動搖了，冥頑不靈的大腦袋放鬆了警惕，那麼以後的生活將會沿著怎樣的軌跡展開呢？我還會經受那麼多的曲折磨難，還會在一個隆冬季節裡懷著苦澀的心情回憶歷歷往事嗎？

「你這個壞坯子，對你再好也沒有用。」二姨媽粗魯地翻轉身，將她的背脊對著我。

我說過我害怕別人的背，何況又是在黑暗裡。二姨媽背對我，表示她將不再理我，表示我要一個人面對這黑沉沉的世界，我感到不寒而慄。

「姨媽……」我抖動的小手在二姨媽的肩胛上摸索。我摸到了柔滑如玉的肌膚和凸出的肩胛骨。

二姨媽一動不動，聽憑我的手在她的背部遊動。我一著急，用上了對付幼稚園小朋友的辦法：我撩開二姨媽薄薄的絲綢小背心，把手伸進她的腰部撓她癢癢。二姨媽終於憋不住了，格格格地笑了起來。「壞坯子，撓撓這裡。」她彎起一隻手，指指背脊上的一塊地方。

為了討好二姨媽，我撓得很賣力，小手靈活地上下移動。

「這裡也撓撓，還有這裡。」

我老實地聽從二姨媽的指揮，不斷擴大搔撓的區域。我的手漸漸移到了她的腰部、髖部。

「手不要伸到下面去，就撓上面。」二姨媽喝斥道。

我的手觸電般地回到了上面。二姨媽光潔柔潤的皮膚漸漸變熱，漸漸變潮。她哼哼唧唧的，一副很愜意很舒心的樣子。我的手轉了一圈之後，又回到了腰部附近。這次二姨媽沒有提出警告，於是，我就有些放肆地把手探向對我來說充滿誘惑和神祕的禁區。我聽到二姨媽的哼唧聲開始變得短促緊湊，便愈發的大膽，乾脆把整隻小手伸了進去，輕輕地撓向下面，再下面……

「壞坯子，死東西，壞坯子……」從二姨媽罵罵咧咧的聲音裡，我分明聽到了一種獎勵的意味，我更加肆無忌憚了。

「壞坯子，死……鬼……」二姨媽陶醉般地呻吟起來，鐵床隨著她身體的扭動而搖晃，而顫抖，而發出叮叮咚咚的歌唱。

「壞坯子，你說，你摸到什麼啦？」

4

自從我來到這個世界，我就生活在一個女兒國。

母親，姊，二姊，二姨媽，除了這些女兒國的主要成員之外，還有逢年過節常會來串門的表姊們。表姊們一個比一個漂亮，她們都長著大大的眼睛，皮膚都是白白的，黑眼睛白皮膚就好像是我們家族的徽記。表姊們都用旁人聽不懂的家鄉話交流，那清脆高亢、嘰嘰喳喳的鄉音非常悅耳，猶如飛翔在我童年夢湖上的一群白鴿。很久以後我第一次聽西方歌劇，竟然覺得耳熟，我確信，西方歌劇就像兒時表姊們的聒噪。

表姊們還會給我帶來很多禮物。每次都讓我心花怒放，但也給我增添不小的麻煩。表姊們給禮物之前，母親總要讓我叫人，這可難為我了。靦腆的我嘴唇囁嚅老半天，嗓子彷彿啞了似地就是發不出聲音，臉憋得通紅通紅，那時候母親就很生氣，連連搖頭說：教也教不會，不知道像誰。

哥是這個家庭裡除我之外的唯一男人。他在我的童年生活裡給我留下了一個施暴的印象後便遠走高飛了。

很久以後，我才知道他去的地方叫新疆。新疆在哪兒？我沒有概念。只知道那是很遠很遠的一個地方，跟外國一樣。我們再見時互相都認不出對方。我長得和他一樣的高，他呢，兩鬢已堆雪。

很多事情你只有回過頭去才能用釋然的目光觸摸它的眞相。

我是奔跑進我家小院的，我的額上汗水涔涔。那年的春天姍姍來遲，我家小院裡的那棵高大的無花果剛剛長出新葉。微風吹過，綠茸茸的嫩葉發出刷刷的聲響。我跑到家門口，忽地凝然不動了：我看到小板凳上坐著一個男人。他垂頭喪氣的，腳旁放著一只泥跡斑斑的旅行袋，像一具被擊斃的獸屍。

我後來才知道那會兒工廠普遍裁員，一直住在郊縣化工廠的哥被辭退了。

「駱駝。」哥抬起頭叫我。

他枯槁疲倦沮喪的面容一定嚇著我了，我遲疑片刻——突然撒腿跑出了院子。

我這一跑彷彿是一種預兆，它預示著我和哥之間的沒有情分，它也預示著以後發生的那件事是不可避免的。

在哥居家的那段日子裡，常常有一撥一撥的青年男女來找哥。他們拉琴唱歌，然後一個個喝得酩酊大醉。哥一會兒拉手風琴，一會兒吹笛子，有時還會穿起長衫來唱戲。那時候，我就會神情靦腆地坐在屋角的小凳上，眼珠滴溜溜地左右轉動，好奇地觀察著這群載歌載舞的男男女女。

哥須要在母親下班之前把屋子收拾乾淨。那些人一走，他可就忙壞了。掃地，搬椅，擦桌，洗杯……有人喝醉，他還得清光地上的嘔吐物。我安靜地坐在一旁，看著哥在短短的時間裡手忙腳亂地做完這一切，心裡不免有些幸災樂禍的感覺。有一次，一個小夥子喝多了，躺在我家竹椅上睡得像死豬一樣。這時母親下班的時間臨近，哥就和另外一個小夥子把那個醉漢從我家抬走，我提著那個醉漢的兩隻大鞋子跟在後面，一直跟到醉漢的家。回家的路上，哥叮囑我不許將他們喝酒的事告訴母親。

後來我告訴母親了嗎？我想是告訴了。

要不後來發生那件事，哥就不會對我下手那麼狠了。

母親最恨不誠實的人。我從小受著這樣的教育。當然，那時我還不懂得當一個告密者同樣也是不光彩的。幸運的是，在我以後的生涯裡，我說過假話違心的話，但我再也沒有當過告密者。

那件事是怎樣發生的？我已記不清原委了。我只記得幾個孩子一起圍攻我，揍我，然後他們以兔子一樣的速度逃走了。受了莫大委屈的我不知怎麼地平生一股蠻勇，拚命追擊那幾個攻擊我的人。殊料，快速奔跑中，我不小心碰倒了一輛停在路旁的手推糞車，糞便汩汩地流淌出來。於是，我又遭到了推糞車人的辱罵和毆打。

那天我眞是倒楣透了。我哭喪著臉回家，把事情經過告訴哥，原本是想在他那兒得到一些撫慰和同情，誰知碰上哥那天的心情也不佳，他聽完我的哭訴後說：與其讓別人打，還不如我來打的好。我以爲哥說說而已，誰知他朝我走過來，脫下我的褲子，拿起一把掃帚，重重地揍了起來。哥一邊打我，一邊還不許我哭。

我懵了。我不明白事情怎麼會變得如此糟糕。我是在聽到二姨媽罵罵咧咧的聲音，才敢放聲大哭的。那次如果沒有二姨媽我就慘了。二姨媽的灰矮房和我家僅一牆之隔，中間有一扇厚厚的大木門平時都上了鎖的。那天二姨媽情急之中甚至都來不及找鑰匙，她拿起一把劈柴的斧子，砰地砸掉了鎖，然後她不知哪來的力氣，猛地拉開了那扇咿呀作響的大木門，矮小的二姨媽像一頭獵犬似地撲向哥，她奮不顧身一把奪下哥手中的掃帚，左手順勢就給了哥一個耳光。她憤怒的大嗓門夾雜著我的哭聲，飛出我家院子，在小街的上空盤旋。

「你幹什麼?!」哥捂著臉大吼。他被二姨媽突如其來的襲擊激怒了。

「壞坯子!我叫你打，我叫你打!」二姨媽毫不示弱，搶來的掃帚現在成了她的武器，她揮舞著掃帚衝向前，掃帚發出的聲音劈劈啪啪清脆無比。

「你有病啊你這個死老太婆!」惱羞成怒的哥奮力去奪二姨媽手中的掃帚。二姨媽死死抓住掃帚不放，相持了幾個來回，哥突然一鬆手，二姨媽踉蹌後退了幾步，撲通一下跌坐在地。

「好呀，壞坯子，孽種，你就是這樣對待長輩的!」二姨媽坐在地上依然罵聲不絕。

二姨媽的罵聲似乎提醒了哥，他竟然把「長輩」搞到地上去了，但他怒氣未消，朝二姨媽狠狠瞪了一眼，疾步走出了院子。

本來二姨媽應該見好就收就此甘休的，這樣也就不會發生後來的那一幕。她看到哥轉身離去，一定以為長輩的威嚴還在，她從地上勉力站起，扔掉那把斷了柄的掃帚，她朝外追去的時候還看了我一眼，好像要去為我復仇似地寬慰了我一句：不要哭。我的二姨媽跑出我家小院的時候，很有想像力地隨手操起一根晾衣服的長長的竹竿，二姨媽把自己看成是為我出征復仇的武士，而那根竹竿就是長矛。

那天母親下班走回家，遠遠地看到小街兩旁的林蔭道上被圍得水泄不通，她費了好大的勁才擠進人群，然後踮起腳跟，她想看看到底是哪一國的元首破天荒地光顧我們的小街。她看到的是一幕奇異的場景：在夾道站立的人群起鬨下，母親首先看到她的大兒子從她眼前一陣風地掠過，沒過多久，她的二姊氣喘吁吁地也跑來了，她滿頭大汗，雙手緊握一根長長的竹竿，像一名撐竿跳運動員那樣朝前碎步跑去。不一會兒，母親聽到了雀起的一陣歡呼聲，她朝右側望去，她看到我們家的竹竿騰空而起，呼嘯著追趕著已跑向夕陽的她的兒子。二姨媽在人們的鼓勵聲中顯得無比嫵媚無比矯健，此刻，她已經從一名撐竿跳運動員變成了標槍運動員。

這一天對我來說卻是銘心刻骨的。在短短的一個小時裡我受了三重體罰。而最夠得上級別的是哥對我的毒打。他幾乎是使出了渾身的解數，他的偉績就是在我的屁股上留下幾大片幾日不消的青紫腫塊，使得我整整一個星期臥床不起。

我半側身子躺在床上，覺得外面的世界不安全，而內部的世界也不可靠。

也許是這一天的刺激太深了，哥離開這座城市的時候我毫無感覺。我只記得，母親抱著我擠進一所人山人海的學校，後面跟著我的兩個姊姊，穿著綠色軍大衣的哥在一輛大客車上探出身子朝我們拚命招手。那天更吸引我的是喧天的鑼鼓聲。汽車啓動後駛出學校，母親抱著我一直尾隨著汽車。母親紅著眼睛對我說：「跟哥說再見。」

但我什麼也沒說。嘈雜聲鑼鼓聲對我很有利，它們的好處是可以讓我蒙混過關。

如今想來，我當時那麼記恨哥是沒有道理的。他畢竟爲我們家作了最大的犧牲。那時候我家的境況非常窘迫，靠母親一個人的工資收入，是無論如何也維持不了全家的生活。母親是在無可奈何的情況下，才接受一日三次上門來的里弄幹部的動員，放哥成行的。

母親後來是後悔了。在她的晚年，讓哥去新疆這件事，始終像陰影一樣纏住她使得她永遠也無法安寧。

這是六十年代初。我沒記錯的話，那時我五歲。

5

哥走了之後，我的記憶出現了一段空白。時間光碟旋轉，冬季在旋轉中來臨。

北風呼呼地吹。我聽到我家院中那棵光禿禿的無花果樹在風中瑟瑟打抖的嗚咽聲。緊閉的窗戶微微震顫，發出瘆人的低吟聲。哥一走，我就歸姊管了。那時候，姊每天在家帶我，幼小的我怎麼可能了解姊內心的苦楚，她是最喜歡上學的，她最喜歡的學校她卻不能去。

姊抬起頭看了看我。那會兒我在做什麼呢？那會兒我應該是伏在桌上神情認眞地摺著紙船。她又看了看滴答滴答作響的鬧鐘，她不知道我也在偷看她，我的心裡喜孜孜的，我知道她在等誰。

姊大概是做完了那個人昨天送來的課外作業。那個人像是地下黨的聯絡員，姊沒去學校，但對學校裡的事情瞭若指掌。

我長大後才知道，學校對姊來說意味著什麼。

姊的學習成績在全校是數一數二的。爲此她在那個年代獲得了一項殊榮：被指定和前來留學的長著一頭棕色鬈髮的俄羅斯姑娘交朋友。姊的書本裡夾著她的照片，姊的照片也被那位外國姑娘常常帶在身邊。這令班上的其他女同學豔羨和妒嫉。她們沒有辦法和姊比，雖然她們中間有的比姊長得漂亮，用來紮辮子的緞帶也比姊的色彩鮮豔。姊寫得一手秀麗的毛筆字，她的作文和水墨畫常被陳列在學校的櫥窗裡展覽。她文理皆優，每次考試結束，總能得到一大堆獎品。姊把所有的獎品珍藏在一只小木箱裡，她期望等到高中畢業的那一天，小木箱裡的獎品塞得滿滿的。

姊是那麼迷戀學校，迷戀上課下課的鈴聲，迷戀校園裡的林蔭道，高聳的教學樓，長長的圍廊以及每天早晨在那兒跑步誦讀俄語的大操場。姊喜歡彼此相處融洽的校長、老師和男女同學，姊甚至也喜歡那些妒嫉她的女同學。但姊不得不做出令她難過的選擇：休學一年。哥走了以後，姊在女兒國裡的地位迅速上升，她幾乎就是半個家長。二姊讀寄宿學校，一星期才回家一次；母親三班倒，在絲綢廠紡機的轟鳴聲中站八小時後，回到家腰瘦背疼，根本沒有精力做家務；年幼的我每天去幼稚園需要人接送照顧，姊不能眼巴巴看著母親額上的皺紋因爲發愁而一天天增多。

那時候姊不知道她的決定需要負出沉重的代價，當她步入中年回首往事的時候，她怎麼也不會想到，休學這件事幾乎就改變了她一生的命運。沿著記憶的河床溯流而上，曲曲折折的河道把姊帶到歲月的深處探幽尋密，姊發現十七歲那一年所做出的決定是至關重要的，差不多便是她一生不幸的源頭。

假如姊有非凡的能力，那時候就預見到以後將要發生的一切，她還會那樣做嗎？過四十歲生日的這一天，姊躺在床上依然感到很茫然。既然虛幻的假設中姊都找不到答案，既然上帝賦予每個人的能力又是那樣有限，那麼姊這個要強的弱女子就只能拉上被角，躲在被窩裡嚶嚶啜泣了。

姊又看了一次鬧鐘。我發現。屋外的小街上只有風在刷刷地走動。

我皺著眉頭，嘴裡發出吱吱唔唔的聲音。一隻紙船拆開後變成一張皺皺的紙，我怎麼也無法使這張紙重新變成一隻小船。我開始煩躁了，在幾次努力遭到失敗後，我很憤怒地將紙揉成一團。姊走過來，撫摸了一下我沮喪的大腦袋，她微笑著拿起一張白紙，轉動靈巧的手，很快又摺成了一隻小船。我會心地笑了，在姊的指點下，我的摺疊技術在迅速地進步。這時有人啪啪敲響了我家小院的籬笆門。

姊跑去拉開門問道：「誰呀？」我認爲姊是明知故問。

「是我。」站在門外的男人興致勃勃地回答。

他夾著書本走了進來。他看到姊臉上的不悅神色，趕緊解釋道：「父親今天從外地回來，我去車站接他，所以來遲了。」

姊似乎沒有原諒他，虎著臉轉身回到桌旁坐下。

「對不起。」他局促不安地站在院道中，暗淡的燈光拉長了他頎長瘦弱的身影。

我拽了一下他的褲腿，仰起頭朝他眨眨眼睛，示意他走進屋來。他抱起我，慢吞地一步步走進燈光。我俯在他的耳邊嘀咕了一句，他輕輕地笑了，笑聲在屋內瀰漫。

他給姊帶來了今天課堂上老師所布置的全部作業。自從姊休學之後，無論颳風下雨，他都堅持給姊送來當天的作業。他知道姊想上大學的心思，知道姊休學是出於無奈。爲此姊感激他。即使是發生了那次不愉快之後姊也最終還是原諒了他。

那次他說什麼了？他說姊長得漂亮，不過是皮膚黑了一點，嘴唇厚了一點。他沒想到他囁嚅著恭維姊的時候無意間刺傷了姊。第二天晚上當他敲響籬笆門，姊拉滅了燈，把我抱上了小閣樓，任他在小街上走來走去。

那天晚上我發覺姊一直在裝睡，她翻來覆去根本就沒睡著。小街上落寞的腳步聲不斷敲擊路面，我聽到自己的心在咚咚地跳。

姊把他鎖在門外足足有一個星期。他天天來，天天把工工整整抄在紙上的作業從門底下塞進小院。他的字寫得很漂亮很瀟灑。我不知道，那時候在姊的同學當中，他是不是唯一能讓姊不停說話的男同學。我只記得，每次他來我們家姊就很開心，他們一起畫畫，一起練書法。也許就是因爲姊想到了這些，那塞進小院天井裡的一張張字跡端正的紙片才化作春天的暖流，涓涓湧入姊的胸中，融化那執拗的脾性。在一個月光如水的夜晚，姊終於沒再阻止我去打開那扇緊閉的籬笆門。

姊做功課，他教我畫畫。畫到一半，我大聲嚷道：「姊，他畫你吶！」

姊奪過他手中的紙朝他瞪了一眼，三下兩下把它撕了。

「姊眞凶！」我搖晃著大腦袋大聲嚷嚷。

「姊凶不凶?來，我們再畫一張。」

「你敢!」

他的眼光在姊的逼視下躲躲閃閃。我咿哩哇啦又叫又鬧。

「我們畫一張別的好嗎?」他寬慰著我。他很快又畫了張速寫。

「這是誰啊?」我問他。

他笑而不答。

「姊，這是誰啊?」我拉著姊的衣袖搖晃。

姊抬起頭，看到一個戴著六角帽、留兩撇鬍子的老人。

「是阿凡提吧?」姊說。

他微笑著頷頷首。

「阿凡提是誰呵?」我突然發問。

於是，他給我講了許多關於阿凡提的故事。在他娓娓風趣的敘說間隙，我不停地發出清脆的笑聲。姊被我的笑聲感染了，抬起頭斜睨了他一眼。

「我們等姊做完功課再講好嗎?」他說。

「不要不要，」我大聲嚷道，「再講一個阿凡提的故事。」

他朝姊看看，做出一副無可奈何的樣子。

「有一天啊，阿凡提喝醉了。他的朋友也喝醉了。可他們倆誰也不承認自己醉了。他們在街上走著走著，天就黑下來了。阿凡提的朋友擰亮手中的電筒對阿凡提說：你如果沒醉的話就沿著手電筒光爬上去。阿凡提說：去你的吧，我才不上你當哩。我要是爬上去，你把手電筒按滅了，我不就摔下來了？」

姊噗哧一聲笑了。我看看姊，又看看他，不明白這個故事好笑在什麼地方。

「阿凡提的年代有手電筒嗎？虧你想得出來。」姊朝他瞪瞪眼睛。

姊很快做完了作業。姊和他開始下象棋。

姊在學校女子象棋比賽中得過冠軍，但姊不是他的對手。姊不服氣，發誓一定要贏他。

「姊耍賴！姊悔棋！」我很認真地履行裁判的職責。

姊把我攬到身邊。「幫姊贏他好嗎？」

「好。」我眞的煞有介事地思考起來。一隻手臂支撐著大腦袋，一副想得很苦的模樣。

「告訴姊，下一步該怎麼走？」

我拿起姊的一隻「炮」，高高舉過頭頂，然後重重地放在棋盤上。

姊和他幾乎是同時叫出聲來：「好棋！」

姊捧起我的臉蛋使勁地親我。我得意地揮舞雙手，被嘖嘖的稱讚聲搞得暈暈乎乎。

「你教過他下棋嗎？」他問姊。

「沒有，從來沒有。駱駝是個天才。」

這一局棋在一派幸福的氣氛中下完了。姊贏了，贏得是那麼高興；他輸了，輸得也高興。

姊把他送出院門的時候，還在與他商量以後怎樣培養我在下棋方面的才能。

「以後我來教他。」當他們沐浴在月光下的時候，他這樣說。

「嗯。」姊點點頭，眼光第一次在他面前表現得如此柔順。

他的背影在昏沉沉的路燈的光暈裡漸漸縮小。姊關上籬笆門，返身回屋。這時她聽到我發出哼哼唧唧的呻吟聲。

姊喪魂落魄地飛快朝我奔來，我捂著半邊臉痛苦不堪。

「你怎麼啦？」姊俯下身子，摸摸我的額頭。

「我耳朵痛。」

姊知道我的中耳炎又犯了。她把我背上小閣樓，幫我脫了鞋放倒在床上，然後躺在我的身旁，用手在我的耳畔輕輕揉著。

我被病痛折磨的樣子一定讓姊很難受。她知道我喜歡聽她唱歌，於是她在我的痛苦呻吟中輕輕地唱了起來：

在路旁呵在路旁呵有個樹林，
孤孤單單人們叫它桑里塔，
在樹林裡住著一位美麗的姑娘，
一見她我就神魂飄蕩。

……我的呻吟聲在姊的歌唱裡漸漸變小。在姊的歌聲中我看到我躺在襁褓裡被奶媽抱走，姊哭喊著拉著奶媽的衣服不讓她把我帶走。

爲什麼要讓那個奶媽把駱駝帶到鄉下去，爲什麼？

我沒有奶，母親很多年以後說她那時候沒有奶。

那個奶媽拿了我們的錢爲什麼把駱駝綁在搖籃裡讓他一個人哭？

她也沒辦法，那時正是大躍進時期，她要下田幹活，只好把駱駝綁在搖籃裡。

我被綁在搖籃裡不停地哭啊哭，淚水沽沽流進耳朵，中耳炎的毛病就這樣落下了。

姊又唱起了《漁光曲》。唱完《漁光曲》，姊接著唱《莫斯科郊外的晚上》，唱完《莫斯科郊外的晚上》，姊又唱《卡秋莎》。這些歌姊都是跟母親學的。母親最喜歡《漁光曲》。母親抱著我去醫院的路上經常哼給我聽的就是《漁光曲》。姊拿著我厚厚的病歷卡跟在母親身後把《漁光曲》一字不差全記下來了。

現在姊吟唱著這些歌，唱得很忘情。過去了的往事一幕幕重現交疊在姊的眼前。姊的歌聲是麻醉劑，我的病痛逐漸被分解，被驅散，我在姊的歌聲中耷拉下眼皮，緩緩朝夢鄉飛去。

月光透進窗來，在我和姊的身上緩緩流淌。我在抵達夢鄉的一瞬間，懵懂中依稀覺得姊別過頭去，從枕邊找出手絹，偷偷擦拭眼角的淚珠。

第二章

我感到自己是一隻小雞，弱小且孤立無援，圍過來的是一群鷹，一群伸著爪子撲向我要吃掉我的兀鷹。我不得不朝陽台邊緣移動，身後是雲霧繚繞的藍天，我微微張開手臂就像張開翅膀，深深地吸了一口氣……

6

那個女人走進小街的那天早晨，一群喜鵲停留在我家小院的那棵無花果樹上，牠們嘰嘰喳喳的啁啾，在閣樓的窗櫺前飛來飛去，劃出一道道稍縱即逝的弧線。

我曾無數次地幻想，金黃色的陽光灑滿小街的某一天，身長翅膀的天使駕馭馬車從天而降，在小街兩旁房屋構成的峽谷中徐徐滑落，它們要將我帶走，去那遙遠的天邊外。

那個女人走來的早晨，小街就鋪滿了金黃色的陽光。身穿套裝體態豐腴的她嫋嫋走入小街，吸引了不少好奇的目光。

她在我家小院的籬笆門前停住了。

她梳得很整齊的頭髮邊緣上鑲著一層陽光。我的目光試圖探尋她的身後，陽光突然變黑，模糊了我的視線。

女人微笑著把一張剪成蘋果形的硬紙遞給我。硬紙上寫有「一年級六班」的字樣。

「叫老師。」姊推推我。

「老師。」我用怯怯的目光盯著女人的耳朵。那兒長著一顆碩大的肉痣。在金黃色陽光背景上，我看到了肉痣周圍細細的茸毛。

一切像是預先安排好的，老師從姊手中接過書包，挎在我的肩上，然後攙著我的手走出了小院。

街上到處彌漫著陽光。高高的樓房，矗立道旁的一棵棵梧桐樹，都被塗抹成了金色。來來往往的行人不斷閃現，整個世界像是一支旋轉的萬花筒。我小心翼翼地跟著老師走去，覺得行人都在注視著自己。我仰頭看了看老師，我又看到了那顆肉痣。她為什麼會長這麼個玩藝兒，我蹙眉苦思著。

直到現在我都不明白，那天老師為什麼要來接我到學校去。在我家附近，和我同一天上學的同班同學大約有五六個，老師一個都沒去接他們，她偏偏走進了我家的小院。

去學校的路上，她很少說話，但她的目光告訴我，她好像在很久很久以前便知道了我和我家的所有祕密。她如同一個遙遠地方派來的使者，來照拂一顆日後注定要備受世間磨難的心靈。在我以後的命途上，像老師這樣善良的人還有很多，她們幾乎全是女人，她們和我一見如故，當我恐懼而陌生的目光與她們意味深長的凝視初次對接的一剎那，我便彷彿找到了我的保護神。我到過我們這個國家的許多地方，我像得了某種病似地癡癡迷戀山水綠蔭，只要依傍著一棵枝葉茂密的綠樹，面對一片微微蕩漾的清波，我就會聽到那來自天國的聖樂。柔水，綠色，音樂，它們讓一顆浮躁悸動的心得到安寧。這個世界不能沒有它們，正像這個世界不能沒有女人一樣。當我騎著自行車慢慢流轉在街上，一個個面容姣好且充滿生命活力的女孩映入我的眼簾，當我厭倦了塵世的紛爭和傾軋，靜靜地躺在我所喜歡的女人的雙乳間，我便會覺得自己是在一片湖水上輕輕搖晃，周身籠罩著陽光般溫柔的旋律，這時我才想到這個世界有讓人活下去的充分理由。

學校到了。

我看到很多和自己一樣大的孩子被大人引領著興高采烈地湧入校門口。還有一些比我大的學生三五成群聚集在一塊，他們點點戳戳，交頭接耳地議論著。

你們看，老師領著她的兒子來上學了。一個男孩像發現什麼祕密似地嚷道。

男孩周圍的學生刷一下全把目光掃了過來。

我的腳步變得遲疑起來，被老師捏在掌心的那隻小手慢慢收縮移動，然後一用力，掙脫開來沉重地墜下。我用一種迷惘的目光仰望老師的臉龐。

老師的臉上浮起一團紅暈。她看看那些學生，又看看我，俯下身子堅決地重新握起我的手，跨著大步走進校門。

吁——

我聽到背後傳來一片起鬨聲。

老師的手捏得很緊，很有力，我感到自己的手甚至有些隱隱作痛。

我們沿著長長的水泥甬道走去。道旁一些學生在打乒乓球，在沙坑裡摔跤。籬笆圍起的操場上人聲鼎沸，麥克風裡一個男人大聲呼叫著。操場的後面是高高的教學樓。老師領著我拐進操場，我看到操場上站滿了剛入校的新生，嘁嘁喳喳的聲音像是滿天的鳥雀從我頭上覆蓋下來。嗡的一聲，我感到一陣耳鳴，腦袋即刻暈眩起來。

我糊裡糊塗地被老師帶到一支隊伍的末尾，老師對我輕輕說了一句「你就排在這兒」，然後便走向了主席台。

我第一次置身於茫茫的人群，偷偷抬起低垂的腦袋朝四周掃視了一圈，我感到前後左右許許多多的目光都在打量自己，彷彿我是貿然闖進羊群的一隻不受歡迎的獸類。我微微抖索了一下，似乎有浩浩淼淼的大水朝我湧過來湧過來，將我整個兒吞沒。我甚至都來不及發出一聲呼叫，大水便纏住我向湖底墜落。混沌的湖水隨著咕嚕嚕的氣泡聲迅速上升。

我閉上眼睛，聽任湖水瘋狂地舞蹈。

那片大水深藏在綠茸茸的青草和浮萍下面。我追逐著一隻蜻蜓漸漸地就從表姊們身邊跑遠了。正在田野上挑擔的大表姊一轉身，發現我從天地間消失了。遠遠地，只有一株浮萍搖搖晃晃，像是傳遞消息的信使。

我睜開眼睛，發覺大表姊抱著自己。她濕漉漉的頭髮上有一滴滴水珠掉落在我的額上。我被倒掛起來，只覺得灰濛濛的天空在我腳底旋轉。堵在胸口的積水順著我的食道汩汩流淌，我憋足勁，發出一聲淒厲的長嚎……

我被人推了一把。推我的是一個女孩。女孩高高的額頭下長著一雙沉凹的大眼睛。女孩甜甜地笑著，示意我跟上已經離去的隊伍。

我走了很遠，又回過頭去。女孩一邊走一邊朝我扮著鬼臉。一只大紅的書包在她的腿側晃蕩不已。一絲微笑在我的嘴角漾開。

要是和她在一個班上……要是和她坐在一起那該多好。我隨著隊伍走進教學樓，心裡撲通撲通跳個不停。

老師站在教室門口。隊伍魚貫而入。

我走進教室，目光便開始急切地尋找。沒有那雙深凹的大眼睛，我的心情倏地沉到了深黑的井底。

老師將我帶到第一排的最後一個座位旁邊，對我說：

「你眼睛好，就坐最後一排吧。」

她問也沒問過我，怎麼就知道我眼睛好呢？

我正在納悶，老師又將一個女孩帶來，安排在我的旁邊。我的同桌長著圓圓的臉，梳著一個童花頭。她似乎很高興能夠坐在我的邊上，坐下後她挨得很近地告訴我，她說她的名字叫蘋果。

我沮喪地垂著頭。蘋果靠過來的時候噴了一股氣味。我皺緊眉頭，完了，我覺得自己的將來就這樣被固定在那股難聞的氣味之中。這種固定令我害怕。

我們從小就開始習慣被人固定在某一個座位上，不管你喜歡它還是不喜歡它，你都得接受這樣一種固定。對大多數人來說，固定並不可怕。他們習慣別人爲自己安排好的生活，恰如他們習慣日出而起日落而息一樣。他們並不覺得這樣有什麼不好。倘若每個人都要別出心裁，這個世界還有什麼秩序可言?讓他們繼續照此生活下去吧,讓他們爲一種秩序津津樂道吧。問題是還有另外一些人,他們恐懼固定。很多年以後,一位眼睛裡透出絕望神色的姑娘對我這樣說:像你這樣的人是不配結婚,不配和別人生活在一起的。只有等到你老了,滿頭白髮了,你才會感到後悔。可那時已經晚了,你就一個人無依無靠顧影自憐,吞下你自己種下的苦果吧。姑娘說完這番振聾發聵的話,氣咻咻地走了,這一走便再也沒有回來。

應該把我這樣的人叫做什麼呢?流浪兒,雲遊僧,還是按我母親的說法叫做孤僻相?這樣的人骨子裡仇恨固定,這樣的人生來要反抗固定。

我一把推開那個叫蘋果的女孩,衝出了教室,在走廊裡飛跑起來。

我的身後是一片喧譁聲。

跑過了幾個教室的門口,我回頭一看,老師追來了,她的身後還跟著一大幫我的同學。追趕我的還有老師急切的喊叫聲。教室的一扇扇門洞裡,不斷有人跑出來,跑出來,大家都要來阻截捉拿這個不服固定的壞孩子。

穿越走廊盡頭,一扇拱形門外,是一塊幾平方大的陽台。校工正要在陽台的四周安裝鐵柵欄,此刻是上課前夕,幾個校工蹲在一個角落抽菸閒聊,角鐵工具堆了一地。

我跑到陽台,才發覺自己被逼到了絕路。拱形門裡湧出了老師,她突然煞住腳步,伸出雙臂,用力擋住她背後不斷湧出的教師和學生。拱形門裡像有千軍萬馬要衝出,老師豐腴的身體此刻顯得如此單薄羸弱,她爲了控制平衡,身子後仰,腳尖踩著碎步,被慢慢聚攏來的力量推搡著一點點朝前挪動。

包圍圈漸漸縮小。一個校工從左側，另一個校工從右側朝我迂迴過來。我感到自己是一隻小雞，弱小且孤立無援，圍過來的是一群鷹，一群伸著爪子撲向我要吃掉我的兀鷹。我不得不朝陽台邊緣移動，身後是雲霧繚繞的藍天，我微微張開手臂就像張開翅膀，深深地吸了一口氣，我想，只要這些圍堵我的人再上前一步，我便騰空而起，躍上藍天，像鴿子一樣自由翺翔——

這時候，老師已放棄擋住拱形門的努力，她朝那兩個校工連連擺手，迭聲說：「不要，不要——」

可陽台上已圍聚了太多的人，嘈雜聲覆蓋了她的懇求。我眼睛的餘光裡，兩名校工還在悄悄地挪動。

這時候傳來了一聲撕心裂肺的尖厲哭喊：「不要！不要逼他～～」

我的魂，就是這樣被叫回來的。

我已忘了我是怎麼重新回到自己座位上的。

「同學們，今天是開學的第一天，坐在這個教室裡的人都是一年級六班的同學，我呢，就是六班的班主任兼音樂老師，我希望六班的同學就像一家人一樣。剛才發生了一點意外，老師現在要求同學們把這件事情忘掉，下課以後也不要再議論這件事情——」

老師表情平靜地說著，她的目光掃過來掃過去，但就是不看我。

7

蘋果側過頭來，那股難聞的氣味重新充斥於我的鼻腔和胸腔。我把手覆在蘋果的臉蛋上，用力一推，蘋果的腦袋僵硬地倒向了一邊。之後我又用臂肘頂住蘋果的腰部，使她不得不從長椅上往外溜去。她用手撐住快要傾斜的身體，回過頭來用迷惑不解的眼睛盯視我。

我漲紅著臉，一隻手高高舉起，然後像一把刀，往桌子的中間砍下去，砍出一條無形的分界線。

蘋果張大驚恐的眼睛剛欲說什麼，一聲清脆的上課鈴聲響起，她只得嚥下已在嘴邊的話，坐直身體，雙眼朝前正視。

老師給每個同學分發一張表格。老師給前面的同學發了幾張以後對大家說：我們現在請同學們推舉一位代表協助老師一起發表格。

全班一陣騷動。

不一會兒，一位調皮的男同學將他的同桌從座位上推到過道裡，被推到過道裡的女同學戴著一副深度近視眼鏡，鏡片像啤酒瓶那麼厚，一隻眼睛還有些斜視。她紅著臉，似一頭受驚的小鹿手足無措。

同學們哄堂大笑。

我被笑聲驚醒，抬起頭，看到老師用嚴厲的目光盯著那個調皮的男同學。老師的嘴唇蠕動著，整個臉部受到牽動後，那顆碩大的肉痣也微微抖顫。我突然想到家中小院裡那棵樹上的無花果被風吹拂著的景象。無花果，一個念頭強烈地占據我的腦海。

這時，我聽到老師叫我的名字。我在一種懵懵懂懂的狀態下走到講台前，老師把一疊表格交到我手裡，然後輕輕撫摸著我的後腦勺說：「你來給大家發表格好嗎？」

我低著頭沿著座位把一張張表格機械地放在同學們的桌前。

「你是老師的乾兒子嗎？」我聽到有人壓低嗓子在問。

我的眼皮一陣跳動，定了定神，我看到一張誇張變形的鬼臉：是剛才那個惡作劇的男同學。他也許覺得這樣不過癮，接著又突然高聲嚷道：「老師，我問他他不說，他是你的乾兒子嗎？」

教室裡又爆發一陣哄笑聲。

「過山風，你如果再搗蛋的話，我就請你到教室外面去。」老師說。她找到了剛才想說而未能說的話。

那個叫過山風的男同學老實了。教室裡一下變得鴉雀無聲。

表格發完後我回到自己的座位，蘋果迎接我的目光裡有一種混合驕傲、豔羨和佩服的神情。在那一瞬間，我的心裡感到好受些，有一種難熬被排遣，有一種舒緩在漫漶，我似乎還暗暗有些得意。不過我依然對蘋果表現得很冷淡。

老師開始詳細交代填寫表格的注意事項，接著又介紹了學校的概況和第一學期的學習課程。第一節課很快過去了。

課餘休息期間，我仍木然地坐在自己的座位上。我害怕走出教室。萬一我走出去又有許多人圍上來，把我當成一個怪物，那我就慘了。蘋果也往外走了，我盯著她的背影，她走到黑板那兒，她的腳下踢到了一截短短的白色粉筆頭，我的眼睛爲之一亮。我環視四周，教室裡僅留幾個人，且沒人注意我，我突然閃電般地跑過去，從地上撿起那截粉筆頭，緊緊攥在手裡，然後又閃電般地跑回座位。也許我攥得太緊了，我感到手心都沁出汗了。

蘋果隨著上課鈴聲回到教室，她走到自己的座位前，看到課桌中間被粉筆重重地劃了一道白色分界線。那是一條三十八度線。蘋果看看我，我目視正前方，板著臉，身體僵硬地坐著。

第二節是算術課。老師講完課，給同學布置了幾道課堂練習題。

我在紙上飛快地做著習題。做完後我開始校對，把練習簿豎在自己的面前。這時我聞到了一股難聞的氣味，我轉過眼睛，看到蘋果越過了分界線，把頭湊過來偷看。我惱怒地指了指粉筆畫成的白線，示意蘋果迅速回三十八度線的那邊去。蘋果似乎對我發出的警告毫不在意，她仍然把圓圓的臉蛋湊得很近，一雙眼睛在我的練習簿上貪婪地掃來掃去。我用胳膊肘頂她推她都無濟於事，一著急，我拿起削得很尖的鉛筆，在蘋果伸過來的紅撲撲的臉腮上狠狠地戳了一下，蘋果發出一聲尖叫，迅疾用手捂住臉。

老師和同學們迅速都把眼光掃過來。他們看到我和蘋果低著頭，不知發生了什麼事。

快到下課的時候，我斜睨了一眼蘋果，蘋果的臉腮上剛才被戳痛的地方紅腫起來，腫塊中央還有一個黑黑的圓點。我驚呆了，我爲自己能夠這樣殘忍地刺傷別人而感到不安。

是她自己不好。偷看別人作業的難道不是小偷嗎？不一會兒，我又找到了寬慰自己的理由。

也許誰也沒有統計過，在那些年月裡，一個中國人要塡寫多少張表格。當你想要和這個社會發生聯繫，例如入學，例如加入少先隊，參加紅小兵組織紅衛兵組織，例如從一個部門轉入另外一個部門，差不多在你人生道路上的每一關頭，你都要塡寫一份份表格。你在這些表格裡必須非常清楚地寫明你的情況，你家庭的情況，你從哪裡來，你的父母從哪裡來，你父母的父母從哪裡來，又到哪裡去。因此我們在塡寫表格的時候，實際上是在經受一次次家族史的回憶和拷問。我們不得不常常打擾那些興許早已長眠於九泉之下的先輩靈魂。按照一種約定俗成的原則，那些先輩對這個世界的態度是你對這個世界的態度的源和根，你的將要展開的歷史便是那些亡靈曾經擁有過的歷史的延續和伸展。那麼，我們一旦降臨這個世界，我們已置身於家族歷史巨影的籠罩之下，我們怎樣想什麼樣做都無不打上家族的烙印。我們最好是什麼也不想什麼也不做，因爲自從你出世後便注定要活在別人的爲你安排好的境遇裡。或者說你將永遠活在別人的目光裡。先人的目光，世人的目光，這些目光匯聚在一起，便是那一張張規整的呈網狀的表格。世界對你來說充滿了奧祕，你對這個世界卻毫無隱祕可言。人們只要翻閱一下那些存檔的表格，你就像一個模特兒，一絲不掛地暴露在光天化日之下，接受世人苛刻的審視。

我們還能做什麼？

我們別無選擇。

我們只有去流浪。

從一個流浪兒那兒，你是無法打聽出他從哪裡來又到哪裡去的隱祕。一個流浪兒還有隱祕，還有一個不爲人所知的世界任他馳騁。

我站在歷史的這一端，看到童年的自己從跑道上跨躍一張張履歷表，他的每一次跨越騰挪都那樣沉重那樣艱難。他的腳步踉踉蹌蹌，在每一道欄杆前，他都顯得有些膽戰心驚。他神情恍惚，嘴裡嘟嘟噥噥，彷彿是面對一道道刑具，彷彿是有人在給他念著緊箍咒。

我第一次將表格帶回家的那天，興許還不知道這份表格對我來說意味著什麼，不知道別人已經爲我這樣的人創造了一個頗具幽默感的詞，這個詞叫做「可以教育好的子女」。這個詞的意思是：你本身就是一個壞種，經過大家的努力，你還有點希望，還有可能不往更壞的方向發展。

你看到漢語言的全部魅力了嗎？你爲自己的民族擁有這樣豐富機智又俏皮的語言感到欣慰了嗎？你增強了一點自信心了嗎？

所以，當母親和姊、還有二姨媽坐在燈下愁眉苦臉，一副爲難的樣子，我不知道放在桌上的那張表格給她們帶來了什麼麻煩。

表格上的所有欄目姊都塡寫完了，唯獨空著「家庭出身」這一欄。

「駱駝從小由我帶大，我是工人，當然應該塡工人。」母親說。她的目光定定地看著窗外。

「你又不是不知道，以前我這樣塡都給退回來的。」姊說。

「那塡什麼？不塡工人以後他在學校裡還怎麼做人？」二姨媽的嗓門很大。

「我也不知道應該塡什麼。反正塡工人是不行的。」姊嘟噥道。

「唉，隨便你塡什麼。」母親顯得有些不耐煩了。

「要不明天去問問老師應該怎麼塡。我看駱駝的老師人不錯。」姊說。

母親剛欲說什麼，小院外的籬笆門啪啪啪地敲響了。我以爲是姊的同學來了，興沖沖地跑了出去。打開門，一下愣住了：門外站著蘋果和一個高大的中年男人。

「他是我爸爸，是來找你算帳的。」蘋果底氣很足地對我說。

「你怎麼可以這樣欺負別人？」當母親聽了蘋果的述說後責問我道。

我坐在燈光下，低著頭像一個小犯人。我心裡想好了：無論他們說什麼，我什麼都不回答。

蘋果的父親把女兒的臉端到我面前說：「你看看，都腫起來了。」

一股難聞的氣味熏得我不得不抬起頭來，蘋果的鼻子翹得很高，一副得意的神態像在展示什麼値得炫耀的東西。

活該。我在心裡反抗道。

「你小小的年紀怎麼能這樣狠毒呢？」蘋果的父親繼續說道。「她有什麼不對的地方，你可以告訴老師可以告訴家長，怎麼可以動手呢？就憑你是男孩？那麼我比你力氣大，是不是也可以因爲你犯了錯誤而對你動手呢？」

我低著頭一聲不吭。

後來，母親和姊姊要我向蘋果賠禮道歉，我緊閉著嘴唇，腦袋耷拉下來，像棵蔫了的向日葵。

這天晚上，我始終沒有開口說話。我既沒有爲自己的行爲辯護，也沒有承認自己的錯誤。我覺得如果指出蘋果偷看自己的作業，那我就同被我瞧不起的蘋果一樣的不光彩了。小孩的事情告訴大人，學校的事情告訴家長，這在我看來，那就等同於告密。我之所以很長一段時間裡把不當告密者作爲做人的準則，很大程度上就是因爲想到告密者，眼前就會浮現蘋果站在燈光下那副得意的神情。

這一做人準則使得我在以後的成長歷史裡常常陷入困境。

最後是母親替我向蘋果和蘋果的父親賠不是的。我僅僅是在蘋果的父親要我許諾今後無論發生什麼事都不得對蘋果動手的時候點了點頭。

母親送他們出門，蘋果的父親邊往外走邊說了一番話。這番話幾年後我每每想起就會有一種恥辱感。

蘋果的父親是對母親這樣說的：

「我下午去了學校，找了組織，對你們的家庭情況有所了解。像你們這樣成分不好的家庭，更要注意對子女的教育。」

蘋果為她父親的這番話付出了不小的代價。

整整六年裡，她的同桌沒有和她說過一句話。當蘋果忘了臉上的傷痛，屢次藉著各種機會想與我和好，都遭到我冷酷無情的拒絕。她從家裡拿來許多精采的連環畫，從而想以此誘惑我，結果是一次次落空。我似乎是鐵了心。「我們不理睬他」，我牢牢記著一部電影裡史達林同志說的一句話。

我就是這樣來實施對告密者的報復的。六年間，我與蘋果唯一可能產生交流的一件事就發生在上下課短短幾秒鐘的時間裡。千篇一律的，常年不變的情形是這樣的：我從座位上站起，表示要離去，蘋果就側過身子給我讓道；我從外面走進教室，蘋果早早地站起，等候我入座。

十年以後，我即將離開這座城市奔赴遙遠的海邊，我和蘋果並肩伏在教室的窗台上眺望鱗次櫛比的屋脊，回憶已經流逝的小學時光。那時候蘋果說，小學時期給她記憶最深、令她最為痛苦的一件事，便是我對她的冷落。

你這個人看上去很文靜，很謙和，但誰要是傷害了你，你會一輩子銘心刻骨地恨他。

蘋果這樣說。

8

我從小被兩種疾病所折磨，一是中耳炎，一是扁桃腺炎。

中耳炎發作之前常常伴著耳鳴頭暈，像有無數架飛機盤旋頭頂。我躺在床上，飛機鳥群般一陣陣俯衝下來，嗡嗡聲不絕於耳。漸漸地，耳朵開始隱隱作痛，逐步加劇後疼痛感向喉部、頭部、胸部擴散，我如同一頭任人宰割的牛羊，絕望地沉落在無邊的深淵裡。那時候我的嘴裡念念有詞，彷彿是痛苦的呻吟，又彷彿是一種無意識的祈禱。日長月久，每當耳鳴聲響起，我就會以懺悔的心情準備去接受病痛的折磨，我會想到自己可能又犯了什麼錯誤。有時候實在回想不起來自己的過錯，就把大聲說笑、吃東西太多、收到一件令人興奮的禮物也當作是病痛要懲罰自己的原由。我開始變得小心翼翼，不大聲說話，不放聲大笑，慢慢地，我甚至連話都說得越來越少。

扁桃腺炎的發病情形則相反。它說來就來，事先沒有任何預兆。它不像中耳炎那樣，疼痛感是一陣陣浪濤拍岸般地襲來，它更像是一堆點燃的柴禾，轟的一聲，當我感覺到了它的出現，已渾身滾燙，處於烈焰的熊熊燃燒之中了。感冒、中耳炎、疲勞過度或興奮過度都會導致扁桃腺炎的發作。那時候，常常是深更半夜，母親和姊從夢中被我吱吱唔唔的聲響吵醒，她們一摸我的額頭，燙得怕人，趕緊抱我去醫院掛急診。一路上我昏昏沉沉，不省人事，到了醫院一量體溫，三十八度三十九度，有時甚至是四十度還多，醫生護士忙亂不堪，馬上給我打針、吊鹽水。我已記不清了，我的屁股上曾被扎過多少個窟窿，以至於後來我根本不把打針服藥這一類事放在心上。在注射室裡，我常常是護士教育其他孩子的榜樣。因爲常去醫院，醫生護士也都認識我。一坐上病人的候診椅，醫生不用翻病歷卡，不用詢問病史和病兆，只須簡單地問一句是中耳炎還是扁桃腺炎，便可開藥方了。

有一次給我看病的是一位我所不認識的醫生。當時我正燒得昏昏沉沉，在立地燈的照射下，耷拉著腦袋哼哼唧唧。過了一會兒，我依稀聽到一個男子粗重嗓音的問話：哪裡不舒服？我掀起眼簾，看到一張皺紋很多的臉上掛著慈祥的微笑。這是一位五十多歲的中年醫生。他的頭上箍著反光鏡，一雙隱藏在暗影裡的眼睛又深邃又莊重，與這樣的眼睛對視，你需要幾倍的勇氣和力量。就我當時很淺的閱歷，經受不住這雙令人震懾令人難忘的眼睛，我低下了腦袋。

這時，旁邊的母親湊了上來，與醫生交談了一番。醫生一邊聽母親訴說我的病情，一邊緩緩翻閱了幾頁那本厚厚的病歷卡。最後，醫生沉吟良久，說出了一句在我當時聽來十分恐懼的話：最好是開刀，摘除扁桃腺。

母親大概也著急了，趕緊說：「其他醫生說年齡太小，開刀恐怕……」

「不做切除手術，經常發燒，對孩子的身心健康不利。再說，人體器官都是相互影響的，不根除扁桃腺，中耳炎也不會好。」

「那開刀的話，對我兒子的身體會有什麼影響？」

「影響嘛總會有一些。理論上說，人身上的每一個器官都有它自己的作用。扁桃腺炎本來對孩子來說是一種常見的病，可像你兒子這樣的病例，憑我的經驗還是摘除的好。這叫兩害相較取其輕。」

「非得動手術嗎？」

「我想是的。」醫生沉吟片刻，問道：「你兒子的學習成績怎麼樣？」

「很好，考試都是第一名。」

醫生站起來，對母親說了句「你跟我來一下」，逕自朝屏風外走去。

母親跟著醫生走出了診室。後來我感到尿急，護士帶我穿過長長的走廊去洗手間。過道兩旁的長椅上坐滿了候診的病人。

我是在回診室的時候無意間聽到了醫生對母親說的一番話：

「……」

「根據你說的這些情況，你兒子是一個特別敏感的人，敏感到有些……異常，他的自閉，不愛說話，都和他的心理狀況有關。他的心理處於健康的邊緣。他感受痛苦的程度與別人不同。同樣的病對別人來說也許算不了什麼，而對你兒子就可能發生很大的影響。明白我的意思嗎？」

不明白。我是說我當時肯定不明白。

我現在也不明白那位醫生爲什麼會說出這樣一番與他的五官科專業似乎並不相干的話來。僅僅見了一次面，他就像一位相面師，預言了我的將來。經過了幾十年的風風雨雨，回過頭去審視一下發生的事情，我感到不寒而慄。我確實被醫生不幸言中。我的眼前常會浮現醫生額前的那面反光鏡，常會浮現深藏反光鏡後面的那雙神祕的眼睛。反光鏡是借助燈光窺視病人器官的，那雙眼睛又是借助什麼深入我的心靈？

於是，我冥想到一個莫名其妙的問題：這個富有經驗的醫生是從哪裡來的？

事過十幾年後的有一天，我過二十歲生日。那次我是從海邊逃回來過生日的。我騎著車在街上採購物品，不知不覺路過了醫院門口。當時不知道出於什麼緣由，我被一陣衝動所驅使，貿貿然走進了醫院大門。在五官科的走廊裡，一位身穿白大褂的漂亮護士擋住了我。我指著房間的一個座位大聲問道：「人呢？」

護士先是一愣，繼而爆發一陣格格的清脆笑聲：「哪個人？你問誰呢？」

「醫生。」我說是醫生。

「醫生？」護士說這兒有很多醫生。

我大聲給她描繪醫生的面容。我說話時的聲音很響，驚動了房間裡的人。他們都回過頭來用一種奇怪的目光看著我。這時，坐在角落裡的一位上了年紀的醫生突然發話了：

「他問的大概是主任。他去世了，前幾年的事。」

我不知道自己是怎麼走出醫院的。那一天我像丟了魂似地一直提不起精神來。晚飯的時候，我幾次將酒杯碰翻，酒液在桌面上流淌，滴落在我的褲腿上，洇進我的肌膚。坐在旁邊的姊以為我是為年齡的增長而憂傷，說了些不著邊際的寬慰我的話。

一個人的死訊就這樣籠罩了另一個人的生日。這個生日黯淡而無光彩。我回想起那個已悄然離世的人是怎樣攙著我的手走進手術室的門廊，他捏著我的手，捏得很緊，很有力，他步履穩健神態平靜，彷彿不是領著一個涉世未久的孩子去體驗一次痛苦的感覺，倒像是一位父親帶著他的兒子去逛動物園。

我第二次坐在醫生對面的時候，他用蘸水筆在病歷卡上寫下四個遒勁有力的字：手術治療。

大概是看到母親的神情還有些遲疑，桌子對面的一位年輕女醫生對母親說：「主任給你兒子動手術你還怕什麼？主任一般是不輕易給病人開刀的。」然後她又朝我眨眨眼睛說：「嗨，你運氣眞好。」

那個夏天的早晨，護士用灌了紫色藥液的針筒給我注射後，母親陪我坐在醫院長廊的白色椅子上等候。窗外熱烘烘的，樹上的知了不停地鳴唱。不時有護士和病人從我們前面穿梭而過。我的身體像泡在冰水裡似地一陣陣發抖。我斜乜了一眼那扇寫有「手術室」字樣的玻璃門，我對玻璃門裡面的世界充滿了恐懼。

這時候一個穿著藍白條紋的女病人從樓梯那兒匆匆跑來，她跑得太快，像一陣風，拐彎時她的膝蓋碰撞到了走廊一側突出的椅角，她疼得扭歪了臉，手捂著大腿一瘸一拐地離去。

突然，我的膝蓋劇烈地疼痛起來，不一會兒，我的手心裡全是汗。

母親聽到了我的哼唧聲，她轉過頭，看到我的額上沁出一顆顆汗珠。母親摸摸我的額頭說你怎麼啦？她一定以爲我又犯病了。

我也不知道怎麼了，膝蓋一遍遍劇痛經久不散。

母親說別怕開完刀便可以吃冰磚了。

來醫院之前，我無數次用可以吃冰磚來排解自己的膽怯和動搖。可是過一會兒，我將被拋進那個不可知的世界，躺在手術台上，聆聽手術刀劃開皮肉的嘶嘶聲，那時候還有誰來救我呢？母親救不了我，冰磚也救不了我。

正在我被膝痛和一種孤立無援的情緒所折磨的時候，醫生走過來了。他摸了摸我的額頭，又抬起我的手臂，查看了一下注射試驗針的地方，他說很好，然後攙起我的手向手術室走去。一位護士推來一張滑輪床，醫生朝她搖搖手，示意她用不著。

說來也奇怪，醫生領著我走過長長的走廊，自始至終他沒說一句寬慰我的話，而我的小手被他捏在掌心裡卻感到很安定，很可靠。他僅僅在推開手術室玻璃門之後，用他的另一隻手覆在我的小手上輕輕拍了拍，我們目光對接的一刹那，我的心裡升起了一種朦朦朧朧的異樣感覺。

我們一直走到走廊的盡頭，醫生推開一間手術室的門，幾個護士迎了過來。醫生把我交給一個護士後，便走到更衣室。他再走出來的時候，已戴上白帽口罩，一個護士替他繫著手術衣後面的繩扣。

我被兩個護士扛上手術台，一盞巨大的無影燈懸在我的頭頂。我聽到一陣被擱放在白鐵盤裡的手術器械互相碰撞的叮噹聲。這時，我身邊的護士問了一句：「醫生，是半麻還是全麻？」

「全麻。」醫生回答得很乾脆。

那時候盛行針刺麻醉。像開扁桃腺這樣的小手術一般都是門診手術，用針麻已算很優待了。拿個器具伸進病人口中撐住上下顎，圓圓的環形刀套住扁桃腺根部，一秒鐘工夫，病人慘叫一聲，手術就算完了。我中學時代的一位同學也開過扁桃腺，他是懷著對針刺麻醉的一種信賴態度走向醫院的。事隔多少年以後，每當聽到有人談起針麻，他便神經質地哇哇大叫，一副痛不欲生的樣子。這位同學告訴我，動完手術後他馬上離開了醫院，從此再沒有去過。他說什麼地方都可以去，就是不能去醫院。

與他相比，我的運氣眞是太好了。我事後才知道，爲我動手術的醫生是國內知名度很高、很有聲望的一位五官科醫生。

全戴上口罩的護士們用徵詢的目光看著醫生，醫生沉穩地點點頭，護士們開始搖動手柄，手術台載著我緩緩上升。接著，一個護士將我的頭放平，另一個護士爲我注射。沒過多久，一個坐在我腦袋後的護士將一塊濕漉漉的紗布敷在我的鼻腔，她開始與我交談：

「你幾歲了？」

「九歲。」

「你上幾年級？」

「二年級。」

「你有幾個兄弟姊妹？」

「三個。」

「除了你還有誰啊？」

「還有哥，姊，二姊。」

「你的母親在哪兒工作？」

「在……廠裡。」

「你的父親呢？」

「……父……親……」

我迷迷糊糊地開始尋找父親的記憶，但怎麼也想不起來父親這個陌生的詞彙與我的關係。強烈的無影燈光刺得我睜不開眼睛，我的眼皮沉重地合上。我的身體飄浮起來，飛揚起來，朝著一個巨大的虛空，朝著一片幽深無邊的黑暗迅速駛去，我是帶著對父親這個詞的深刻疑問暫時告別這個世界的……

我醒來後發覺母親和醫生站在我的床邊。

我的頭頂上高懸著一只鹽水瓶，水液一滴一滴流進我的體內。我知覺恢復前的一段時間內，我的眼前一片白茫茫的什麼也看不見，我不知道自己在什麼地方，也不知道從哪裡來到這個世界。假若我有超凡的記憶力，我想從娘胎裡出生時的感覺便是如此，正像人死後倘若還有靈魂，這靈魂倘若還能回憶，那麼死的感覺恐怕也和我躺在手術台上飄飛而去時的情形相去不遠了。一次小小的手術，像是把生和死，從生命的兩頭聚攏過來，焊接在我九歲時的那個夏天的陽光裡。

我躺在醫院的觀察室裡，意識像冬眠的蛇漸漸甦醒。聲音和物像開始具有了意義。隨之便是劇烈的疼痛，彌蓋了我的全身。生命的知覺一旦活泛起來，痛苦就像水藻般匯合過來，緊緊地纏住你，直到永遠。

我先是像咳嗽一樣地嗚咽，之後是淚流滿面。

母親附下身來，撫摸著我的額頭說：「你是男孩子，打針都從來不哭的，護士都說你像男子漢，你怎麼就堅持不住了呢……」

有一滴不屬於我的淚珠掉在了我的臉上。我點點頭，嘴裡卻還吱吱唔唔的。

醫生拍拍母親的肩膀好像是說沒關係，然後他對我說：「痛就哭出來，別捂在心裡。」

醫生走後，母親餵冰磚給我吃。她告訴我，手術結束後我已昏睡了幾個小時。她從地上拿起一只小瓶，我看到如同葡萄般的一串血紅肉球浸泡在藥水中不停晃蕩。我的身體即刻跌進冰窖似地發冷，皮膚上像有很多小蟲爬行。我難受極了，又嗚咽起來。母親趕緊拿走藥水瓶。

我在觀察室臥躺了兩天兩夜。第三天離開醫院時，醫生一直把我們送到大門口，他叮囑母親一個星期後再帶我來醫院檢查一次。

我們是坐著人力車回家的，雖說才花了一毛錢，但那時候已是很奢侈的一件事。回到家，母親將我扶在涼椅上躺下，姊和二姨媽圍在我的周圍。我眼睛怔怔地看著天花板，對二姨媽她們的說話聲置若罔聞。後來，母親要去給我買冰磚，她剛走到門口，聽到了我突發的叫喚，便趕緊站住，回轉身來。

「我有父親嗎？」我的嗓音喑啞，聽起來一定很古怪。所有的人沒想到我會這樣問。這個時候。況且我從未問過。

「有……啊。」母親一個激淩。

「他在哪？」

「……死了。在你生下後四個月他就死了。」

「他怎麼會死的？」

「生病。」

「生什麼病？」

「肺病。」

母親大概甚怕我再追根刨底地問個沒完，轉身走出了屋子。姊和二姨媽也從我四周消失了，留下我一個人躺在涼椅上，兩眼發直地望著天花板。

9

橘子和另外一個女同學一邊看節目，一邊交頭接耳議論著什麼。操場上站滿了人，橘子和女同學無論做什麼別人都不會注意，除了我。

進校第一天，橘子高高的額頭，深凹的大眼睛以及那甜甜的微笑就給我留下了深刻的印象。後來，我在走廊上，在校園裡，在回家的路上經常可以遇見她。每次看到橘子，我的心就會莫名其妙地亂跳，仿如一池靜水上空劃過一片流雲，投下了久久不去的影子。我的眼眸緊緊追蹤跳躍的身影，但又很怕被人發現。有一次橘子甩了一下頭，嚇得我趕緊低下腦袋，久久不敢抬起頭。橘子的周圍總有很多女同學和她在一起，她們一邊走路一邊大聲說話，像一群嘰嘰喳喳的喜鵲。那天，橘子和幾個女同學課間休息時拿著毽子三毛球下樓梯，我那會兒剛好也走出教室，目光無意間撞上了橘子甜甜的笑靨，橘子朝我扮了個鬼臉，我的臉刷一下變得通紅。橘子旁邊的幾個女同學見狀你推我搡，起鬨著擠作一團。一直等她們走下樓梯走得很遠，我似乎還覺得她們在取笑自己，耳根一陣陣發燙。老師走過見我怔怔地木立著，臉頰緋紅，還以爲誰欺負我了呢。

前面舞台上演出的是器樂大合奏。

這個學校的民樂隊在附近一帶小有名氣，看那些同學多帶勁，拉二胡的拉二胡，彈琵琶的彈琵琶，把水泥砌成的舞台占得滿滿的。最威風的是中間那個舉著兩根細棒敲打揚琴的高年級女同學，她梳著兩條長辮，揮舞雙臂，整個樂隊彷彿都隨著她的手勢搖過來擺過去，猶如滾來滾去的稻浪一般。要是哪一天我也能像她那樣站在舞台中央，橘子和全校的同學都來看我演出該多好啊。那時橘子和女同學議論的中心話題就是我了。

會有那麼一天嗎？我暗暗想道，像是憧憬，像是懷疑，又像是帶點祈禱的意味。不過我眞要上了台，我可不會像敲揚琴的女同學那樣，我寧可坐在後排彈彈三弦什麼的。如果坐在後排，橘子是不是能看到自己呢？假如她看不到自己，我上了舞台又有什麼意思呢？這樣想想倒還是站在舞台中央的好，舞動雙臂敲打揚琴，怎麼也能讓橘子看到自己。

當我正在爲自己設計舞台上的位置，當我猶豫不決左右爲難之際，坐橘子身旁的女同學看到了我，她推推橘子，朝我這兒努努嘴，橘子深凹的大眼睛穿過人群，慢慢搜尋過來。幸虧我發現得早，縮緊腦袋，身子微微後退一些，旁邊那個男同學的身體便擋住了橘子的視線，這樣我便成功地將自己隱藏起來了。

演出一結束，我就悄悄地溜出了操場。我跑得飛快，書包劇烈晃動。我一邊跑一邊還不時回頭看看身後有沒有人追來。快到家時，才放慢腳步，這時我已大汗淋漓，氣喘吁吁。連我自己都不清楚，我究竟要逃避什麼。

小院裡的那棵無花果樹已變得光禿禿的。殘留在參差樹枝上的黃葉隨風翻飛，凋零的落葉或停泊在矮矮的院牆上，或沿著街面旋轉飄舞。冬日西沉，夕陽越過屋簷斜刺裡透過來，樹枝被染上了點點斑紋，在微風中輕輕抖動。我走進小院，聽到屋裡傳出一片喧鬧聲，沸沸揚揚，好像是過節似的。我倚著門框，將腦袋探進屋去，我先看到桌旁坐著的舅舅，接著又看到了舅媽和表姊。表姊手裡拿著一件衣服，正與姊和二姊一起說笑著。二姊上寄宿學校，週末才回家。

「駱駝回來了！」表姊首先發現了探頭探腦的我。

大家刷一下全把目光射向我，我頓時感到局促不安，臉頰漸漸泛出紅暈。

「快叫舅舅舅媽呀。」母親敦促道。

我哼哼唧唧，喉嚨像被什麼東西堵住似地就是發不出聲音來。

「我生的子女怎麼嘴都這麼笨啊。」母親嗔怪道。

「不笨的，不笨的。」舅媽連忙打圓場。「駱駝有很長一段時間沒去我們家玩了，還認識舅舅舅媽嗎？」

我點點頭。

「眞沒辦法，我的這些子女要說讀書麼都還過得去，就是待人接物方面學不會。我也算沒少教他們了，也不知道是怎麼弄的。」母親顯得有些憂愁。

「沒關係的，只要功課好，其他方面都是次要的。駱駝什麼時候去我家玩，讓你舅舅給你拍照。」舅媽說。

「沒問題，什麼時候都可以，大妹二妹，一起去。你們舅舅現在的攝影水準跟以前可大不一樣了。上次我拍的照片，一位攝影家看了之後說可以參加展覽呢。」舅舅眉飛色舞地說著，說到得意處還用手不停地捋摸那梳得整齊光溜的頭髮。舅舅的頭髮理得很短，左邊分開，雖說已有幾縷銀絲，卻顯得很精神。舅舅逢人就說，他的髮型是進口的，叫做「菲律賓博士」型。

「又開始吹了，」舅媽微笑著連連搖頭，她轉過頭對母親說，「你弟弟就是這樣，沒辦法，像小孩一樣。」

「那個攝影家是這樣說的，你問問你女兒，我有半句假話沒有？」舅舅的眼睛瞪得很大，眼屏上布滿錯雜的血絲。那是嗜酒如命、每餐兩斤黃酒的結果。

在我的記憶裡，對舅舅來說，酒比生命更重要。

那時候舅舅肺穿孔住院，二姨媽領著我坐了很長時間的公共汽車去看他。我們剛走入療養院的大門，身穿絳紅色睡袍的舅舅從水池假山後面閃了出來，神情急切地問二姨媽：帶來了沒有？二姨媽點點頭，舅舅急不可耐地撲過去，從二姨媽的藤編工藝包裡拿出一瓶酒，擰開瓶蓋，仰脖咕嚕嚕灌了一大口，然後將酒瓶迅速藏入睡袍裡，示意我們從正門進入病房，而他呢，則繞過水池假山，朝樹林那邊的小路上很快隱去。我們從甬道走到病房門口，舅舅在大樓盡頭翻窗入室的情景正好全被我看在眼裡。

說起來也奇怪，舅舅違背醫生的禁忌，偷偷摸摸地喝酒，那肺病居然也會慢慢痊癒。以後別人問他病是怎麼好的，他總紅著眼睛拍拍酒壺毫不猶豫地說：喝酒唄。

舅舅不但自己貪杯，還常常鼓勵朋友、親戚乃至小輩學會喝酒。誰去舅舅家做客，只有陪著舅舅喝得滿臉通紅他才把你當朋友看。當然，這時候你就得耐心地聆聽舅舅吹噓他的攝影水準如何如何的高超。我在家裡，逢年過節母親才允許她的兒女們一起喝幾口黃酒。到了舅舅家，那情形則完全不同了。每次去，舅舅總要買很多下酒的菜，然後讓我們放膽痛飲。即使舅媽在這時候出面阻攔也無濟於事，舅舅會把酒壺高舉頭頂，瞪大布滿血絲的眼睛厲聲嚷道：我們家的後代，不會喝酒能行嗎？你不喝酒，說明你和我們不是一路人。舅舅就是這樣以酒菜款待後輩們，常給後輩們拍照而贏得親戚們有口皆碑的讚譽。在我幼小的心靈裡，舅舅就像一個英雄。我渴望著長大以後能像舅舅那樣做一條眞正的漢子：頭髮梳得光溜整齊，皮鞋擦得鋥亮，能喝好多好多黃酒，對人說話時輔以瀟灑的手勢。

「駱駝，這是送給你的。」表姊手上舉著一把彩色木製手槍。表姊的右手手指扭曲，那是小時候出麻疹落下的後遺症。

「快過來拿呀。」姊催促我道。

表姊走過來把槍塞在我的手裡，我抬起頭，看著表姊美麗的眼睛。表姊的肩上披著長長的黑髮，頭上一朵蝴蝶結鮮豔無比，表姊的皮膚又白又紅，表姊的眼睛裡有水波蕩漾，我的心底湧起一股奇異的感覺，輕輕地說了一句：「謝謝表姊。」

也許是因爲我進門後一直沒開過口，這一聲「謝謝」把表姊高興得手舞足蹈，她張開雙臂，一把將我抱了起來。我頓時感到屋頂飛速旋轉。

這一天，我家真像過節一樣的熱鬧，我真像過節一樣的高興。

晚上，母親準備了一桌的菜，大家坐齊後剛要舉起酒杯，前後屋相通的那扇門發出一陣聲響，門打開後走出了二姨媽。她手裡端著一碗熱氣騰騰的菜，走過來往舅舅面前一放，虎著臉一句話不說，又返身準備回去。

舅舅說：「二姊來和我們一起吃吧。」

不料二姨媽一聽此話火冒三丈，大聲嚷道：「我餓不死的！」說完她走進門洞，砰的一聲把門重重閉上。

大家面面相覷，不知道發生了什麼事。

母親囁嚅著剛欲開口，二姨媽突然又拉開門，伸過腦袋來嚷道：「駱駝原來對我很好的，都是被教壞的。」

母親的臉紅了，她想說什麼，被舅舅阻攔了。舅舅跑去勸慰二姨媽：「二姊，收拾收拾東西，到我家去住幾天吧。」

舅舅的話像一支鎮靜劑，二姨媽很快平靜下來。

舅舅重新落座後說：「二姊一輩子不順心，脾氣暴躁怪僻，有些事就不要和她計較。」舅舅說完這些話，端起一杯黃酒一飲而盡，之後把花生仁一顆顆往嘴裡送，還朝小輩們不停地霎眼扮鬼臉。

第三章

當北京來的年輕人將巨幅標語從樓頂上掛下來，當人們呼嘯著衝進那扇森嚴的大鐵門，當空氣中浮動著一股股熱浪，當城市在一個蔚藍的夜晚沸騰，我，卻伏在親人的背上睡著了。鼾聲難免均勻，睡態無比香甜，所有的喧囂聲浪都不能阻止我向夢鄉飛去。

10

這一天晚上舅舅喝了很多酒。酒一喝多話也多，且翻來覆去就那麼幾句話。舅媽早聽膩了，轉過身子與母親低聲聊天。表姊顯然也不願聽她父親嘮叨，攙起我的手邀了姊、二姊上街去了。剩下舅舅一個人覺得無趣，便瞇著眼靠在椅子上打瞌睡。

這天晚上的天氣顯得很反常。已是滿天繁星的時辰，天穹還是蔚藍蔚藍的，好像黑夜只是給白晝裝了塊濾色鏡，而眞正的黑幕並未降臨。街上到處燈火通明，很遠的地方傳來隱隱約約的騷亂聲，整座城市處於一種不安穩的狀態之中。

我的手被表姊捏得很緊，姊和二姊一前一後走在我的身邊。從小街上，從弄堂口不斷冒出三三兩兩的人群，匯合到街上後像一股洪流朝市中心湧去。一開始姊姊們還抱著一種好奇心理，想跟隨人流去看看究竟發生什麼事，而到後來發覺人流愈來愈稠，愈來愈擠，我受不了來自前後左右的擠壓，只得由姊姊們輪流抱著，這時想撤回已來不及了。人群像潮水般地塞滿了整條馬路，人與人都緊緊挨著，幾乎沒有一點空隙。我被姊姊們抱著扛著，隨著人流緩緩蠕動漂浮，誰也不知道要漂向何處。我聽到表姊問一個小夥子發生了什麼事，小夥子搖搖頭，又去問另外一個人，被問的那人似乎也不太清楚，只得再去問其他人……

「你們看，那上面有人！」

不知是誰吆喝了一聲，人們不約而同地抬起了頭：一幢黑魆魆的像石塊壘成的高大建築物上面，果眞蠕動著幾個人。他們都穿著綠色軍大衣，好像在把一卷什麼東西從樓頂上往下墜放。那卷東西呼嚕嚕沿著建築物的牆壁滾落而下，抖開後才知道原來是一幅紅綢布的大標語，燈光太暗，那上面寫著的白色大字模模糊糊看不清楚。

「哎，你們看，那上面有個女的。」表姊突然說。

「他們說那些人都是從北京來的，」二姊從人群裡擠過來說。「他們是來砸爛政府機關的。」

「爲什麼要砸爛政府機關呢？」表姊不解地問。

「那裡面壞了唄。就好像一只番茄裡面壞了，爛了，那還不要把它扔了？」二姊詭祕地眨著眼睛發揮道。

「噓——別亂說，當心被人聽見。」姊很不滿意妹妹的不謹愼，她皺著眉頭制止了二姊的隨意發揮。

「那又有什麼，又不是我造出來的，剛才旁邊好幾個人都在說，現在是鼓動老百姓造反，當官的從上到下都修了。聽說北京的學生把國家主席也打倒了。」二姊噘著嘴低聲說道。

「你再胡說，我們就不理你了。」姊嚴肅地警告妹妹。

這時，人群中出現了一陣騷動。前面不遠處有人用電喇叭高聲叫著，但畢竟人多嘈雜，地方又是那麼大，聲嘶力竭的喊叫很快就被風颳走了，誰也聽不清那人在說些什麼。

人群開始湧動。姊姊們保護著我不自覺地朝前移挪。我們的背後像有成千上萬的人擁擠過來。

這座城市瘋了。

這個夜晚瘋了。

「要抓住他！」我聽到有人這樣叫道。

「抓住誰？」

「市長，那個王八蛋市長。他從後門逃跑了。」

「不能讓他跑了！」一個人含著眼淚吶喊著。

這一堆人群即刻回應，爆發了一陣憤怒的喧囂聲，猶如伴隨暴風雨一起到來的滾滾驚雷。那幢建築物下面的一扇巨大鐵門不知道被誰推開了，人群潮水般湧入……

表姊在建築物的台階上終於避開了人流的推搡擠壓，她背著我靠在一根石柱上稍事休息。不一會兒，姊也擠過來了，她的頭髮凌亂，大衣上的鈕扣被擠掉了好幾顆。

「二妹呢？」表姊問道。

「她跟著人群擠進大樓裡去了。我怎麼叫，她也聽不見。算了，不管她，我們先回去吧。」姊說。

「哎，你看看駱駝怎麼啦，剛才我叫了他幾聲他都沒答應，會不會給擠壞了？」表姊說。

姊走到表姊的身後，看到我歪著腦袋伏在表姊的背脊上。姊支楞起耳朵靠上去，她一定聽到了我均勻而安穩的呼吸聲，掛在我嘴角的流涎濡濕了她的耳垂，姊不由得噗哧一聲笑了：

「別人還在爲他擔心，他倒好，睡過去了。」

「這樣吵吵鬧鬧的，他竟然能睡著？」表姊也覺得不可思議。

她們開始往回走。不斷有人迎面跑來，跑向那幢矗立在藍穹下矗立在星光月夜下的建築物。

當北京來的年輕人將巨幅標語從樓頂上掛下來，當人們呼嘯著衝進那扇森嚴的大鐵門，當空氣中浮動著一股股熱浪，當城市在一個蔚藍的夜晚沸騰，我，卻伏在親人的背上睡著了。鼾聲難免均勻，睡態無比香甜，所有的喧囂聲浪都不能阻止我向夢鄉飛去，這座城市在今晚所發生的一切對我來說，僅僅具有一種滑稽的催眠作用。

這意味著什麼？這個動作。這幅場景。這幅載著我多少年時遠時近的畫面。這如煙如縷翻山越嶺始終在前面飄飄忽忽的意象。

比較簡單的一種解釋是有關生物鐘的理論。一個十歲出頭的孩子到了他每天應該睡覺的時候，他的欲望強大得縱有十匹馬也拉不回他。你可以把這看作是人類頑強的生命力的表現。

如果再深入一步，也許可以說，一個涉世不久的孩子是難以理解那天晚上發生在那幢代表城市最高權力的建築物下面的事件。對於不理解的事，一個孩子就有使用各種手段包括睡眠來冷落它的理由。要是我知道相同時間的另外一些空間裡所發生的事情，比如在武漢有人用長矛將活人的肚腸挑了出來，比如在長沙一些人的屍體被高懸在電線杆上，比如在成都正進行著前所未有的械鬥巷戰，動用了機槍大砲炸彈；要是我知道這場席捲亞洲大陸上最大一個國家的暴風雨，幾個星期後也將蕩滌我家那座小院，無論我理解不理解，願意不願意，我都得像一葉孤帆被拋入風雨飄搖的大海上隨著無情的浪濤上下顛簸，我還會那樣無動於衷，還會伏在表姊的背上安穩地睡著，作著甜蜜的美夢嗎？

也許我還會這樣做的。

因爲在故事繼續往下發展的許多地方，都能找出一些例子來證明我在那天晚上睡著了不是一種偶然的巧合。

於是我不得不懷疑我的血液裡是否存在一種超然世事的基因，這種與生俱來的基因導致我天生就是一個局外人。與那些看穿人世、擁有某種哲學觀念的超然不同，那是一種逃避，而我既沒有能力去看清這個世界，又沒有精力完全介入現世生活，我只能沉浸在自己的小天地裡神遊。我蜷縮於小天地，恰似一個飛機員蜷縮於機艙內浮游在大千世界浩瀚天空。

與那天晚上這座城市的風景相比，我的夢境世界是小的；可與整個宇宙相比，這座城市甚至這個國家所發生的一切風波又成了小天地裡的勾當。這大與小究竟能否衡量得清？既然如此，還是允許一個小天地的存在吧。還是不要來驚擾我，讓我靜靜地伏在表姊的背上，向路燈搖曳的夢境深處慢慢駛去。

11

課間休息的時候，老師從外面走了進來。她走到我的面前，把手伸到我的桌前輕輕敲了敲，低聲告訴我到音樂室去一趟。

「老師來叫她的乾兒子嘍！」過山風大聲嚷道。

老師的眼睛狠狠瞪著過山風，那神情顯得不可侵犯。

我來到音樂室，看到已經有四五個同學圍聚在一架鋼琴旁邊。我的心一陣怦怦亂跳，因爲我看到了橘子，我不敢相信，橘子竟然就在他們中間。橘子和大家一起笑嘻嘻地看著我。

「駱駝，請走過來。」老師說的好像不是我，她說話的時候看著鋼琴上面的牆壁。

「現在我們請每個同學先唱一支歌，然後再跳一段舞。」老師說。

幾個同學交頭接耳。橘子縮起腦袋，吐了吐舌頭。

只有一個叫青蛙的男同學似乎很高興。老師說話時他不停地點頭表示附和，老師說完了他立即揮舞一隻肉鼓鼓的拳頭，一副躍躍欲試的樣子。

唯有我一聲不吭坐在那兒。我奇怪老師怎麼會知道所有的一切。她似乎知道我喜歡看到橘子，她似乎知道我羨慕學校宣傳隊那些唱唱跳跳彈彈拉拉的同學，我的心思從未對任何人講過，但老師什麼都知道。她就那樣自信和驕傲地走過來，走到我的座位前，認定我會願意跟她來參加宣傳隊的。

第一個表演的是青蛙。他唱了一段京劇樣板戲，而後跳了一段亞非拉。他跳舞時雙腳使勁跺地，發出嘭嘭的聲響，地上飛揚起來的塵埃瀰漫在午後的陽光裡。

接著其他幾個同學也表演了。

橘子表演完，輪到了我。我唱了一支《漁光曲》。我唱完後老師說你的嗓子動過手術吧，我點點頭。

老師思忖片刻，她請我跳一段舞，我搖搖頭。

「隨便跳一段什麼。」老師說。

我站著沒動。隨便什麼舞蹈我都不會。這樣僵持了幾分鐘，教室裡的空氣開始沉悶起來。

「你就活動活動，翻幾個觔斗也好。」老師說。

我正遲疑著，旁邊的青蛙大聲說他會翻觔斗，他邊說邊在地上翻了好幾個觔斗，一直翻到牆角，他的腿碰到椅子失去了重心，人啪的一下摔倒在地。我的腿突然抽搐起來，疼痛感隨之而來，我用雙手摁住腿部，不讓大家發現我的祕密。那時候我的臉部表情一定很古怪，強忍使得我的下巴微微抖動，汗就在這時滲出來了。

同學們都笑了，老師沒笑，她的眼睛望著鋼琴上方，她的鼻翼微微翕合著。

「我想請你翻觔斗的話，我會告訴你的。」老師的眼睛一動不動地盯著牆壁，而她要與之說話的對象——青蛙，卻躺在她背後不遠處的地上。

「我舞棍可以嗎？」我不想讓老師繼續生氣，腿部的劇痛消退之後，輕聲問道。

「舞棍？你是說你會武術？」老師的眼睛轉過來看著我。

我誠懇地點點頭。

趴在地上的青蛙一骨碌爬起，飛快跑過來拉住我的手臂不停地問道：「你會武術？你會武術？」

我曾跟母親去公園晨練，一個鶴髮童顏的七旬老人非常喜歡我，他自告奮勇地教了我幾套拳路和幾套棍術。沒想到今天居然派上用場了。

青蛙很快給我找來一根旗杆，我捏在手裡掂了掂，分量是輕了些，但還能湊合。

我把老人教的棍術舞弄了一遍。出乎意料的是，老師和同學們都看得那樣認真。我完成最後一個動作雙手合攏恢復原狀，橘子竟帶頭鼓起掌來。

「好。」老師拍了一下手掌。「從今天起，同學們就是宣傳隊的隊員了。」老師用她那娓娓動聽的北方話宣布道。「現在同學們先各自回到自己的班上去，什麼時候排練節目，老師會通知大家的。」

一星期後，老師編了一個舞蹈。在這個舞蹈的前面，她特意安排我一個人出場，舞動一桿紅纓槍，踢腿亮相，然後把手一揮：身穿綠軍裝、腰繫闊皮帶的男女小戰士一齊吶喊著從舞台兩側殺上舞台。

以後演出的實際效果證明，老師的這一構思是成功的。每次我將那桿紅纓槍舞得人們眼花撩亂時，台下總會響起熱烈的掌聲。

男女小戰士上場後，有一組舞蹈造型是一男一女組合在一起完成的。老師說完她的創作意圖後，便回到鋼琴旁，由同學們自己去排練。一些宣傳隊的老隊員都知道，老師排練節目從來都是這樣。她說完了便去設計新的動作，她回轉身的時候，同學們必須已經排好了前面的動作。要不她就會不高興，就會用黑黑的大眼睛望著房頂說眞沒辦法眞沒辦法。老師說眞沒辦法的含義是清楚的，那意思就是說你這個同學已經蠢笨到了無藥可救的地步。

大家誰也不願意被老師說眞沒辦法，一個個很認眞很勤勉地操練著。

最認眞最勤勉的大概要數青蛙了。每次橘子蹲下抬頭亮相時，青蛙便把兩隻手臂高高舉起，一蹬腳威武地迎向橘子。橘子看到後面迎過來的是青蛙，每次都要笑場，她說青蛙的動作做得不對。

青蛙重新做了一遍，橘子依然說他不對。橘子說他應該做得像我那樣。我和橘子配合做了一遍，青蛙彎著腰兩隻眼睛死死盯住我的一招一式，青蛙覺得他和我做的完全一樣。輪到青蛙了，橘子又說他不對。

青蛙很委屈，只好站到另一個女同學的身後，看著我和橘子一次次微笑著擺亮相造型。

這件事大概對青蛙的刺激太大了。後來發生在我家的所有事情就是青蛙快嘴快舌傳到宣傳隊的。作爲那個年齡階段的青蛙，他當然不明白橘子爲什麼要那樣偏袒我而瞧不起他。

十幾年後，青蛙出現在我面前時提到了這段宣傳隊的往事。青蛙留著長長的頭髮，神情沮喪面有土色，一副落魄寒酸相。他坐在我的對面，大談了一通存在主義哲學和白遼士交響曲中的鬼魂。他來找我是爲了向我表明，十幾年來他一直虔誠地熱愛著音樂，他憤憤地說這世道不公平，他說自己空懷一腔熱血卻始終懷才不遇。爲了音樂他去練氣功練書法。接著，青蛙滔滔不絕地給我闡述了音樂與氣功與書法之間的微妙關係。青蛙在冗長的闡述中屢次給我強調他是什麼都有什麼都準備好了，萬事俱備只等人們來發現他這個天才了。

留著唇髭的我耐心地傾聽青蛙一個晚上的長談。

後來實在熬不住了，我打著呵欠對青蛙說，我千里迢迢從海邊趕回來是爲了去大學報到，明天得很早起床。

青蛙一方面很有禮貌，一方面又對我的暗示毫不在意，他在我連打幾個呵欠之後還伸出一隻手來給我看。那隻手的手背上隆起一塊鮮紅的嫩疤，像蚯蚓一樣蠕動，青蛙說這是練了氣功後留下的。我一陣噁心，脊背上麻酥酥的奇癢難熬，我突然站起，衝出房間，來到月色沐浴下的小院。

青蛙莫名其妙地跟了出來，我聽到腳步聲後趕快說我不送你了，青蛙這才餘興未盡地離去。走了幾步，他又突然返回來拉住我，說：

「你還記得橘子嗎？宣傳隊的橘子，她前不久嫁人了。你知道她最喜歡、最念念不忘的人是誰嗎？是你！」

我後來才知道青蛙和橘子有過一段痛心疾首的戀情。

12

我手握紅纓槍坐在後台，心裡是七上八下。

老師說演出的那天請家長們一起來看，我回家告訴了母親和姊。她們非常高興，說一定要來看我演出。二姨媽聽說了，她說她也要來。

我不敢像其他同學那樣把頭伸出去朝台下看。我希望家人能來看我演出，可又不知怎麼的怕她們來。我想，也許她們不來，我會演得更好一些。

青蛙走來走去，忙得好像很多事需要他關心和照應。他挺著胸握著拳頭鼓勵女同學過一會兒要好好演。他還不斷地指出這個女同學的風紀扣沒扣好，那個女同學的辮子從軍帽裡露出來了。

我瞧著青蛙忙這忙那的樣子，心裡暗忖：待一會兒上台後就知道了。只要我把紅纓槍舞得飛轉起來，看看台下的掌聲是朝誰湧來的。

我知道青蛙今天爲什麼這麼得意。他的父親母親今天吃了晚飯早早地來到學校。青蛙的父親半邊臉扭曲得很厲害，據說那是一只爐膛裡的鋼水濺在上面而造成的。老師特意把青蛙的父親請來，讓他爲同學們作演出前的動員報告。青蛙的父親講話結結巴巴，但他的意思我還是聽明白了。他大概是說一次工傷算不了什麼，臉上的傷疤是光榮的傷疤，他心甘情願地爲國家爲革命忍受鋼水濺在臉上的痛苦，這點痛苦比起舊社會資本家的皮鞭來就不算什麼了。

要不是老師說時間來不及了，青蛙的父親還要給大家講小時候怎麼受地主壓迫的故事。最後他希望我們好好演，給人民鼓勁，爲革命吶喊。他握著一隻拳頭在空中揮了揮，結束了他的講話。這時我才豁然明白，原來青蛙老是揮舞拳頭這個動作是跟他父親學的。

演出的鈴聲響了。橘子朝我頷首，示意我過去站到台側。也眞奇怪，這時平素相互之間不講話的女同學也走過來給我打氣。黑咕隆咚裡，那一張張湊過來的臉像戴了面具似的陌生而又親近。

我朝台下瞥了一眼，我看到青蛙的父親母親坐在第一排的中間，張著嘴擺開架式等待演出開始；我沒有看到母親、姊和二姨媽。我想興許她們來晚了，坐在後面，等我上了台就能看到她們了。

台下黑黝黝的坐滿了人。我聽到老師輕聲叫了聲「開始」，便不顧一切地衝了出去。紅纓槍在我身體四周像風輪一般飛轉。這時我的眼前是一片黑暗，我已看不到台下有沒有人坐著。我覺得炫目的舞台燈光猶如一大片河水覆蓋了我，呑沒了我，這世界上唯有我一個人孤零零被拋在那兒，赤身裸體的什麼也沒穿。過了很久之後，我才感到橘子從很遠的地方朝我微笑，我才發現身邊青蛙將胸脯挺得極高，兩腿使勁跺著地板，似乎非把地板跺穿不可。

一切都是在懵懵懂懂中結束的。我知道我演得很糟，我知道我輸給青蛙了。場燈一亮，家長們都湧到台前來指指戳戳，我往人堆裡搜尋，仍然沒有看見我的親人們。

那天我是擁有某種預感才顯得情緒如此低落的？那天老師難道也感覺到了什麼？我演得那麼糟，老師一句責備的話都沒有，她甚至都沒朝我望一眼。深夜十二點多，她送我和青蛙回家。離我家十幾米遠的十字路口，我和青蛙都堅持要老師返身回家。

老師對青蛙說：「那麼你替老師送駱駝回家好嗎？」

青蛙挺起胸脯滿口答應。

老師轉身走了，她的背影漸漸遠去。老師短短的剪髮，好看豐腴的身材在昏黃迷離的路燈襯托下，便這樣永遠留存於兩個小男孩純眞多夢的心靈裡。

這天晚上在學校演完後，我們還乘車去市中心街頭舞台巡演了幾場。街頭舞台有的是幾輛拖車拼合起來的，有的是由一些大鐵桶上架鋪木板搭成的，舞台四周都插著一面面紅旗，台下的觀眾人山人海，擠得密不透風。麥克風的效果很差，青蛙和另外幾個同學的嗓子都喊啞了。

「老師眞好看。」青蛙用沙啞的嗓音對我說。

我點點頭。我對青蛙說：「你回去吧。」

「我回去的話，你明天可不要告訴老師。」

「不會的。」

我明明看到青蛙拐進一條小弄堂，我明明是和他分了手的，他怎麼會對那天晚上我家所發生的事情全都知道呢？

他知道了還不算，他還讓宣傳隊的每個人都知道。恐怕就是因爲這一點，我從此不會有任何可能把青蛙當作我的朋友。

青蛙察覺到了嗎？我想應該察覺到了。要不就太遲鈍，太麻木了。你向一個人推心置腹傾吐你十幾年苦苦追求的心願，那個人居然毫不爲你的熾熱話語所動，他冷冷地坐在那兒，臉上還浮現一絲不耐煩的神情，你說你何苦呢？

穿出一條小弄堂，我看到了我家的小院。奇怪的是，已是深夜，小院居然燈火通明。

我走近些，聽到幾個男人的大聲說話聲。我的直覺告訴我，家裡一定出了什麼事。這樣想的時候，我不禁渾身一激凌，一種恐懼感從黑暗四周向我襲來。

我站在黑夜裡，不知如何是好。幾分鐘後，我還是遏止不住自己的欲望，我提心吊膽地沿著鄰居家的牆根摸索過去。在我家小院的門柱旁，我佇立片刻，然後把腦袋慢慢伸進去……

我看到什麼了？我看到院子裡擠滿了人。我看到人們都踮起腳跟朝屋子裡窺望。透過人群腿與腿之間的縫隙，我看到我家地上堆滿了凌亂的書籍，一個戴著紅袖章的男人蹲在那兒很快地翻閱，好像要從那些書籍中找出什麼重要的東西來。藉著從窗內滲出的幾縷燈光，我還看到我家門窗上面貼滿了白紙。白紙上寫著許多黑字，因爲太暗，我看不清那些密密麻麻像蝌蚪似的小字。

這時，屋內傳來二姨媽的大嗓門和幾個男人的喝斥聲。二姨媽大聲說她是工人，你們要拿我怎麼樣，那幾個男人則要二姨媽放老實點。院子裡站著觀望的人群爆出一片起鬨聲。突然，我聽到「砰」的一聲，二姨媽大概是生氣了，她像平時一樣，一生氣就把和我家相通的那扇門關得震天響。

「太囂張了。」一個戴著紅袖章的男人嘟嘟囔囔從人群中擠了出來。他身後跟隨著的幾個人也都戴著紅袖章。他們大概是要繞個圈子去二姨媽家。

我趕緊縮回腦袋，轉身飛跑起來。

我穿越一條長長的弄堂。

我穿越一個黑黑的暗道。

我拚命地跑，瘋狂地逃，我的雜遝的腳步聲在窄窄的過道裡回響轟炸。我被我自己的腳步聲追逐，我是我自己腳步聲的逃犯。

也不知跑了多久，我渾身是汗，氣喘吁吁，沒辦法了，我已經用盡了最後的一點力氣，只能被抓住了。我跑進一座門樓，跌倒在木梯上，我回過頭想看一看來追捕我的是什麼人，結果身後什麼都沒有，是一片虛空。我剛才跑過的那條道上黑乎乎的，像一口望不到底的深井。

我的心跳開始緩慢下來。我靠在木椅上輕輕吐出一口氣。內衣已是汗浸浸的，黏在脊背上令我很難受。不一會兒，我覺得有點冷，我將身子挪向木梯裡側的角落裡蜷縮成一團。我抬起頭，看到門樓外的天空裡布滿了許多星星，它們不停地朝我眨著眼睛，我的眼睛很疲很疲，終於，我的眼瞼支撐不住了，緩緩耷拉下來。我是太累了。

我作了一個夢。我躺在一條小河上漂泊。天上下著雨。穿過雨幕，一隻帆船向我駛來。船靠近後，我看到船頭上站著一個中年男人。仔細辨認了一下，我覺得他是醫生，我說醫生救救我。男人說我不是醫生我是你父親叫我父親就讓你上船。我一個勁地搖頭說你是醫生我記得你是醫生你帶著我穿過長長的手術室走廊你怎麼忘了呢。叫我父親就讓你上船男人鐵青著臉說。我說不我沒有父親你不是我的父親。那你就漂吧漂吧你就永遠地漂下去吧男人說出了這條河就是大海了你喜歡漂流也一定會喜歡大海的。那我不要被鯊魚吃掉不要被海浪捲走的？被鯊魚吃了被海浪捲走都太便宜了你你就永遠無休無止地去漂吧。

13

一個女人哇哩哇啦的聲音把我吵醒了。她站在門樓下手舞足蹈，唾沫四濺地說著什麼。她說的話我一句都沒聽懂，但我明白她是在說我。

這個女人我認識，她是櫻桃的母親。櫻桃是我同班的女同學。

我睡眼惺松地瞧著櫻桃母親的兩片薄嘴唇上下翻動。櫻桃母親的聲音又尖又亮，在清晨的霧氣裡穿來穿去。

她走過來，揪住我的一隻耳朵往外拽。

我啪的一聲打掉了她的手。從來沒有人揪過我的耳朵。

女人嗷嗷亂叫，她像一頭母狼般地撲上來，抓住我的衣領，一路嚎叫而去。

我掙扎著，亂蹬亂踢，無奈人幼力小，很快便被櫻桃母親拽到我家小院門口。我一眼看到了我的同學、梳著兩根小辮的櫻桃，手裡拿著一根油條啃著，遠遠地站在那兒觀望。櫻桃的父親站在街上，他正指揮他的兩個兒子和另外一些街坊鄰居準備推倒我家小院的矮牆。我家小院前，到處是被砸得稀爛的花盆碎片，仙人掌和蟹爪蘭七倒八歪，狼藉不堪，踩出的汁液濕漉漉的湮透了泥地。

「一、二、三！」櫻桃的父親吆喝著。

眾人站在我家小院裡用力往外推。圍牆搖晃起來，但它倔強地駐立在那兒，它不願就此倒下。

櫻桃的父親找來一根很粗的麻繩，套在院牆柱頂上，叫兩個人拽拉著。然後他又一聲吆喝，倔強的院牆禁不住裡應外合的打擊，一陣劇烈的晃動，它像是害怕又像是痛苦似地打了個哆嗦，非常緩慢地朝外傾斜，傾斜，轟的一聲沉重倒下，它在即倒時刻，還是那樣的勇敢頑強，它讓磚塊碎片像子彈一樣飛濺，射向四處的敵人……

櫻桃站在遠處拍手鼓掌。半截油條塞住了她的嘴。

一堵圍牆慢慢倒下的情景像什麼？

一棵參天大樹被凶惡的砍伐者從根部斬斷。神情頹喪的向日葵花盤隨著太陽一起墜落。最後一次約會的最後一聲呻吟。被抽乾河水的河床淤泥裡魚們翻起白肚。一個女孩坐在寒風敲擊窗櫺的屋內沙發上看著不愛自己的男人粗暴地將衣服一件件扯下拋向空中。

我把櫻桃帶進一間空蕩蕩的黑屋子，然後將她按倒在沙發上簡練地扯去她的衣服，我的眼前一次次重現十年前一堵圍牆慢慢倒下的情景。

「你喜歡我嗎？」櫻桃問道。

「喜歡。我怎麼會不喜歡呢？那麼長的時間裡，我就盼望著能有這麼一天。」

「你不要騙我。」

「我不會騙你。」

「哦，你喜歡我那你就幹了我吧……」

「是的，我正是這麼想的。」

櫻桃在我的身體下面歡快地呻吟著。她的嘴被我的臉覆蓋，發出的嗚嗚聲含混不清，彷彿嘴裡塞了半截油條。

櫻桃拍著一雙小手。她的母親緊緊拽住我的衣領。圍牆倒塌之後，櫻桃的母親把我交給了一個戴著紅袖章的女人。女人帶我上了我家的小閣樓，我看到一張椅子裡已經坐著一個中年男人。

我被強按在床上，我的對面並排坐著一男一女。男人的臉腮上長著很多鬍子，女人有一張扁平臉，兩隻瞇縫眼下生出星星點點的雀斑。

「你是一個要求進步的好孩子是不是？」男人的嗓音很粗重。「你在學校的表現不錯，我們希望你也能配合我們，把一切老老實實地告訴我們。」

我用迷惘的目光看著他。我不知道他想要幹什麼。

「你告訴叔叔好嗎，你們家的槍藏在什麼地方？」

我沒能聽懂他的話。

「槍……手槍，你知道的，你知道什麼是手槍。」男人比劃著，還慈祥地笑了笑。

我搖搖頭。

「你去找一下，找出來我們就離開你的家，你母親你姊姊也就沒事了，她們就可以回來和你在一起了。去，把手槍找出來。」男人邊說邊把我推往樓梯口。

「是手槍就可以嗎？」下樓梯時我輕聲問了句。

「行，只要是槍就行。」

我下了樓梯，開始在抽屜裡翻動。我悄悄掃視了一圈，屋裡沒有母親和姊，只有一些戴著紅袖章的陌生人走進走出。

我找到了我的那把槍。這是一把用火柴盒和木夾子紮成的手槍。硬紙片做的子彈用準星上的牛皮筋拉向後側夾住，鬆動木夾子，子彈便飛出去了。

我拿著手槍上了樓。我把它放在那兩個戴紅袖章的大人面前。

男人和女人面面相覷。我看到男人的下巴頦微微抖動。

「你過來。」女人朝我招手。

我走過去，啪的一聲，女人幾乎使出全部的力氣給了我一個耳光。

我的眼睛裡噴射出火焰。我盯著這張臉，這張臉上有一雙小眼睛，有許多許多雀斑。

女人從我的眼睛裡看到了什麼，以至於有些恐慌，下意識地後退了一步，一隻手又抬了起來——男人制止了她。

我一直記著這個女人的扁平臉。

事過境遷，我曾聽過一個罪犯用硝鏹水毀人容貌的故事。我曾設計自己就是那個罪犯，被毀容的是一張塗滿雀斑的扁平臉。

二十歲前的一段日子裡，我常常渴望能在街上閒逛時突然遇到一張扁平臉，這樣我就可以把她早年送給我的禮物還給她。

再過了幾年，我想，倘若某一天有一張扁平臉從我眼前閃過，我會走上去向她冷冷地指出我就是那個把火柴盒手槍交給她的小男孩，我非常想知道她在一瞬間裡的反應。

再後來，我去找心理醫生，向他諮詢如何才能忘掉這件事。心理醫生建議我用文字把我所想的一切記錄下來。

我聽從了他的建議。我寫下的是一部電影劇本，劇名叫《我，就是法庭》。

那是一位高明的心理醫生。寫完劇本後，我再沒想過那張扁平臉。

14

我走到十字路口，遲疑不決，不知道該從哪條路回家。

從這裡通往我家的小院有兩條路：一條是往左拐，走小路，只需十幾分鐘便可到達，但這條路上的許多弄堂口常有一些蠻橫凶狠的頑皮孩子出沒，近來他們屢次襲擊我；另一條是大路，走大路要遠一些，還要經過一段工房區。工房區裡住著一群嘁嘁喳喳的女孩，她們都是橘子的鄰居。那天我經過工房區，從門洞裡突然躥出橘子的姊姊一把抓住我，她大叫大嚷引來一群女孩，她們圍著我品頭論足，像是在圍觀一個異類。要不是橘子聞訊趕來，將她瘋瘋顛顛的姊姊拉回家，這事情不知道該如何收場。她們為什麼要這樣對待自己？回家的路上我苦苦思忖。我什麼地方得罪了她們？就因爲我和橘子一起演出節目？還是那些女孩也知道了我家所發生的事情？

我決定走小路。我寧可去面對那些野蠻的男孩子，也不願意置身於一群女孩子的包圍之中。讓橘子看著我受辱比體罰更使我感到羞恥。

我夾緊書包，以免奔跑時發出聲響。拐入小路後，我一雙警惕的大眼睛，搜索著每一條弄堂的出口處。那屏氣斂神的神情，像是一名戰士在穿越敵人的封鎖線。

要拐彎了，胸口緊張得突突地一陣猛跳。手掌也不由自主地握緊了。我做好了隨時奪路而逃的準備。當我放慢腳步拐出路口時，興許是太緊張的緣故，一個迎面走來的人與我撞了個滿懷。我這一嚇嚇出了一身冷汗。抬起頭，看到一個老年人用探詢、驚異的目光打量自己，頓時不安起來，恍惚的神情裡充滿了驚懼和羞澀。老年人揮揮手，示意我走過去。

我繞過老人，還好，小路上只有零星的行人。我剛要爲此而慶幸，心不由得格登了一下：路邊一家店鋪的屋簷下，歪戴帽子的過山風倚靠著牆，冷眼盯著我。見我退縮著伺機逃跑，過山風涎著臉從後側截住了我。

「你要幹什麼?」我哭喊了一聲。

「我要你告訴我：這是什麼?」過山風把兩隻手腕合攏在一起，模擬戴了手銬的犯人。

「我不知道。」

「你不知道?這叫808，你父親就是這麼被銬走的。」

「我不知道——」

我被觸到了痛處，尖厲的叫聲在小路上空滑行。我舉起書包，猛然砸開過山風擋在面前的手臂，朝前衝了過去。過山風沒想到馴順的羊也會反抗，他愣了愣，反應過來之後立即以餓虎之勢撲向我。過山風畢竟長得人高馬大，三步兩步便追上來逮住了我。過山風還沒來得及下手，我又是踢又是咬，一副魚死網破的樣子。這下過山風發怒了，憑藉身材和體力上的優勢，揮掌雨點般地擊向我……

「住手——」

過山風正打得興起，一個人從後面趕上來，用力推開了他。過山風冷不防被推了個趔趄。

「你——」

過山風剛欲撲向襲擊他的人，定睛一看，他凝然不動了：前面站著的是老師。

「你、你又要包庇你的乾兒子了？」過山風雖然心虛，嘴還很硬。

「你想幹什麼？」老師瞪起眼睛朝過山風跨近一步。「我就知道會有這種事情，特意跟在後面，想不到是你。」

「他先動手的。」過山風狡辯道。「不信你問他。」

「現在我不和你談，明天到學校去再說。」老師說。

一聽去學校談話，過山風的腦袋耷拉下來，語氣也變得軟和了：

「哎，是不是你先動手的，你說一聲呀。」

我一把甩開過山風伸過來的手，什麼話也沒有，轉身撒腿一溜煙地跑了。

我跑呀跑，沒有跑向回家的路，卻跑到了一條大路上。沿著這條大路一直跑下去，就是母親上下班的工廠。我這會兒只有一個念頭，那就是以最快的速度找到母親，要問她父親究竟是不是一個犯人，像過山風所說的那樣。

到了工廠門口，門衛室值班的人正在打瞌睡，我偷偷溜了進去。

機器隆隆的聲浪震得我的耳膜微微發痛。我沿著一條籬笆隔成的小道朝後廠房走去。走著走著，我看到前面不遠處籬笆外有人趴在空隙裡朝裡面吐著唾沫。走近些發現吐唾沫的都是些與自己差不多大的學生。有一個男孩子還從地上撿起一塊小石子，從籬笆上空扔進來。一塊巨幅畫像矗立在前面的道中央，它擋住了我的視線，使我無法看到孩子們所攻擊的對象。

我走到巨幅畫像的背面。透過籬笆的縫隙，那個男孩把一塊石頭塞進來，示意我也像他們那樣去攻擊畫像背後的目標。

我搖搖頭。這些日子來，只要走出家門，我就會受到別人的追逐和攻擊。有時躲在小閣樓上，也會有人用石塊來砸我家的玻璃窗。我幾乎沒有一個朋友。倘若除去學校，我與外界便沒有了任何聯繫。我是在常常受到追逐受到攻擊的情況下過著一種擔驚受怕的日子，這個世界對我來說已經徹底喪失了安全感。那麼，現在有人要我這個屢遭攻擊的對象去合夥攻擊另外的人，這無異於承認所有對我的攻擊都是合理的。再說我也從來沒有首先向人發動攻擊的習慣。

小男孩嗅嗅鼻子，朝我瞪了一眼，顯然對我的不合作態度深為不滿。於是他又從地上撿起一塊小石子從籬笆外拋了進來。小石子劃出一條拋物線，在畫像背後墜落。小石子顯然擊中了目標，有人輕輕發出一聲「哎喲」聲。

被好奇心所驅使，我從畫像這邊伸過腦袋去，想看看那個遭到攻擊的目標是什麼人。畫像背面的人這時恰巧抬起原先低著的頭，轉過臉朝籬笆外的孩子們哀求似地搖搖手。然後，這人又轉回臉，低下頭筆直地站在畫像前。

我的腦袋「嗡」的一下像要炸裂了！

我幾乎不敢相信自己的眼睛，我怎麼也不會想到那個站在畫像下低著頭的人竟是母親！

我不知道自己是怎麼跑出工廠的。發瘋似地奔跑。唾沫和石子在眼前亂舞，如同螢火蟲一般。腦子裡是一片空白。我跑過一條又一條馬路。行人和梧桐樹迅速迎過來退向身後。我撞到一個人。又撞落了一只包。天，旋起來；地，轉起來；車輛和人行道都劇烈搖晃傾斜。我拐彎了，穿越一個路口時，裡面躍出一條毛色烏亮的黑犬，跟在我後面迅跑。我跑，牠也跑；我停下，牠也停下。一輛汽車停在路口，我突然起跑，跑到馬路對面。我以爲甩掉了牠，跑了幾分鐘，牠又在旁邊出現了。牠和我並排跑著，我看看牠，牠看看我。我和牠都氣喘吁吁。我抬頭仰望了一下天空，夕陽西落，天色是一片慘白景象。牠的臉色變得刷白，豆大的汗水從牠的額頭滲出，一滴滴掉落在臉頰上。

我跑出一條弄堂，來到了小街上。有人舉手嚇唬我，但我似乎連恐懼和害怕的意識都沒有了。我的神志麻木，像一具永動的機器。我朝小院門口跑來，輕輕一躍，跨過廢墟般堆積街沿的磚礫，箭鏃一般飛了進去，正要往外走的二姨媽猝不及防，被我撞倒在地。失重的我也差不多同時倒下。

「駱駝，駱駝。」二姨媽叫著。

我側過身子，看著驚魂甫定的二姨媽。片刻後，我哇地一聲哭倒在二姨媽的懷中。

第四章

兔子的手不像原先那般魯莽粗重，變得柔軟溫和，彷彿輕輕梳理著我僵硬的肌體。我的血液湧動起來，手腳似乎也熱呼了，羞澀和恐懼的感覺被一種慢慢滋生的愉悅感所替代。我不再抗拒，任憑那種愉悅感衍化成巨大的舒適和暢快……

15

隊伍長長的像條綢帶，從山那邊甩過來。

道路兩旁的田野，泛出一層淺淺的綠色。風，輕輕吹拂，一大片綠色在陽光中微微起伏，宛如蕩漾的水面。我覺得，隊伍就穿行在微波蕩漾的金色水面上。一頭拉著犁的褐色皮毛的耕牛遠遠地在勞作，牠的腿陷入泥地舉步維艱。

隊伍放慢了行進速度。早晨從學校出發，雖然每個同學都背著包裹，但因爲是第一次拉練去郊外，隊伍行進的速度很快。

我的旁邊走著鄰班的兔子，兔子不停地催促我跟上隊伍。兔子東張西望，話多得像女同學一樣。他指著一叢綠茸茸的禾苗問我那是什麼，我還未回答，後面一個男同學大聲搶著說那是大蔥。兔子哈哈大笑，他搖晃著腦袋把手反剪背後，儼然是一副老師的語氣：「五穀不分，五穀不分啊。」

太陽升起後，隊伍明顯慢了下來。教導主任手握電喇叭，從後面趕上來敦促同學們加快腳步。教導主任身上的背包又厚又大，但他還跑前跑後地爲大家鼓勁。「提高警惕，保衛祖國，要準備打仗！」教導主任的聲音經過電喇叭處理嗡嗡地震得很響，遠處的竹林裡驚起一群鳥雀，在天空中飛來飛去鳴叫不息。

我的耳膜微微顫動。教導主任的大嗓門使麥克風發出嗡嗡的聲響。據說是砲兵出身的教導主任喊起口號來有一種排山倒海的氣勢。他的吼聲一次次震撼我的耳膜。我不得不閉上眼睛。

「提高警惕！」教導主任的吼聲像一架轟炸機從我的頭頂上隆隆而過。

我睜開眼睛，覺得很奇怪，那樣巨大的聲浪居然絲毫沒有驚擾默坐於燈下苦思冥想的母親。暗淡的燈光瀉下來，映出母親臉龐的側影。

母親的頭髮上有幾綹銀絲一閃一閃。她皺著眉頭，像在沉思，又像在回憶。

我悄悄地轉動一下身子，這樣便能看到母親的大半個臉頰。

母親的臉頰很紅，顴骨那兒隱隱地滲出幾小點色素。

我第一次這樣仔細地觀察母親。

我第一次看到母親的臉上長有色素。

一種淡淡的失望情緒籠罩了我。幾次湧至嘴邊的疑問，又被噍了下去。我覺得母親不會告訴我關於父親的事情。母親從小就把什麼都瞞著我，她拿一些話來哄我騙我。母親究竟爲什麼要這樣做？母親究竟是個什麼樣的人？

燈光幽幽地照著母親蒼老而醜陋的臉龐。一個念頭突兀地從我的心底升起，我預感到那個念頭的無情和殘酷，我克制住自己不去想它，讓它從胸口緩緩下沉。但那個念頭是如此的頑固，它掙扎著，扭動著，它乘我稍稍鬆懈的間隙，又非常狡猾地突然鑽進了我的腦海，用一種怪裡怪氣的聲音對我說：你母親是一個騙子！你的身邊藏著一個騙子！

不——我痛苦之極，想竭力甩掉那個怪裡怪氣的聲音。那聲音像隻靈巧的小蟲子，一會兒又出現在我的耳邊：你母親欺騙了你，你的家欺騙了你。你是站在革命人民一邊，還是站在騙子的一邊，與人民作對？

我突然從凳子上站起，飛快地上了樓梯。母親用詫異的目光追蹤著我的背影。我躲進黑魆魆的閣樓，雙手捂住耳朵，什麼也不願聽，什麼也不願想……

一架飛機越過天空，席捲過來的巨大聲浪淹沒了教導主任的叫嚷聲。隊伍停了下來。教導主任匆匆趕到前面，與排頭的老師咕噥了一陣，然後舉起喇叭高喊：

「現在休息——」

一些同學紛紛將背包卸下擱在地上，另外一些同學朝一個村口跑去，那兒有一口井，可以將喝空了的水壺重新灌滿。兔子坐地上，一個勁地問別人遠去的那架飛機的型號，似乎這世界上就沒有他不懂的事。

我口渴得厲害，眞想跑到井邊痛痛快快地喝個夠，可回頭望望井邊圍著一大群同學，又懶得動了。清晨離家時，姊把背包放在我身上，又把水壺遞給我。我拒絕了。長這麼大，我是第一次沒聽姊的話。我想嘗試一下，不聽話會有什麼樣的後果。走出小院，清爽的晨風撲面而來，我深深呼吸一口新鮮的空氣，我感到快活極了。

井邊的同學三三兩兩地回來了。兔子過來邀我一齊去井邊，我一骨碌爬起，覺得自己的嘴唇快要裂開了。一路上，兔子喋喋不休地說著什麼，我一句也沒聽進去。只是心裡暗暗有點感激兔子，要不是他主動熱情地相邀，我不知道自己會不會有勇氣在眾目睽睽之下走向井邊。田塍軟綿綿的，走在上面很舒坦。一枝野百合從深溝裡探出頭來，潔白的花朵上停留著一隻蜜蜂，黃黃的身軀隨風搖曳，划動金燦燦炫目的光環。我輕輕走過去，唯恐驚動那隻舒適無比的小精靈。

到了村口，兔子從別人手裡接過繫著小木桶的長竹竿，趴在井沿將竹竿伸下去。清清的井水猶如一面鏡子，映出兩張圓圓的臉龐。木桶晃動，水面被攪得影像模糊。很快，竹竿上升，裝滿碧水的木桶被提上來。

「好樣的！」我拍了一下兔子的臂膀。

兔子沒有提防，手臂一抖，不小心鬆了手，竹竿迅速下滑，撲通一聲，水桶猛烈砸向井底。

我們倆互相看了看，隨即被對方的神情逗樂了，先是兔子哈哈大笑起來，接著我也笑了。我開始還有些節制，後來見兔子毫無顧忌，也索性放聲地大笑。我好久沒有這樣高興了，笑得肩膀聳動，眼睛裡流出了淚水。我們的笑聲在曠野上傳得很遠。

兔子再次把水桶提拎上來。我挨近兔子，幫他一起使勁，竹竿一跳一跳從井底升起，指向天空。水桶放地上後，兔子和我圍蹲著用雙手捧起清冽冽的井水暢懷痛飲。涼爽的井水順著喉管流淌，去滋潤焦渴的心田。喝夠了，回過頭遠眺一望無垠的田野，覺得烈日不再酷熱，覺得天地都那麼明朗，眞想躺在地上不再趕路，看蔚藍的天空浮雲移動，聽遠處的村口雞鳴啼鳴。

往回走的時候，一隻紅冠公雞追趕一隻雛雞從我腳下跑過。

那隻雛雞嘴裡叼著什麼食物，渾身光禿禿的只有頭上長著一簇雜毛，牠鼓著翅膀張皇逃去的模樣又可憐又醜陋。我皺起了眉頭。我沒想到，一個人的頭髮被剪掉之後會變得如此難看。我的雙耳灌滿櫻桃母親的尖叫聲，看著被擒住的二姊在櫻桃母親的臂彎裡扭動掙扎，那個時候我一步步後退，好像要退到桌子底下，我被二姊那張可怖的臉嚇壞了。曾經像瀑布一樣美麗的長長的烏髮從二姊頭上消失了，二姊的頭髮被剪得稀稀拉拉。二姊站在一張凳子，小院外擠滿了圍觀的人。櫻桃母親和二姊學校來的一個戴紅袖章的婦女將二姊的手臂反剪背後。二姊低下了頭，頭脖上掛著一塊寫有「反動學生」的木牌。我也低下了頭，不忍心再睜眼去看那像禿鷲一樣的腦袋。很小的時候，母親和二姨媽帶著我去看過一次二姊的表演。二姊在平衡木上移動苗條婀娜的身子，長長的頭髮飄逸起來好看極了，我大聲叫好拚命鼓掌，觀眾席的人刷一下全把目光射了過來……

「殺千刀的！」一個農婦跑出村子，撿起一把掃帚扔向那隻昂頭健步的公雞。公雞撲騰翅膀，咯咯亂叫著飛上了半空，又緩緩降落著地。農婦餘怒未息，追過去撲向公雞。公雞長啼一聲，噌地展翅飛上了屋頂。農婦罵罵咧咧回村去了。

我和兔子回到路邊，隊伍很快又出發了。下午，太陽躲進了雲層，天空變得陰沉沉的。隊伍傍晚時分才走到目的地。

那是一個很大的村子，瓦屋一片一片散落分布。我、兔子以及十幾個男同學被老師安排到一間大屋子裡住。大家剛把背包卸下，木窗外淅淅瀝瀝下起了雨滴。

十幾個同學分兩排睡地上。地上鋪了厚厚的草褥。大屋子裡面還有一間屋，黑色的木門閉著。我輕輕一推，木門打開透出一條縫隙。我看到一個老頭坐在裡面，他的面前點著幾柱很粗的蠟燭。燭光映出老頭肅穆陰沉的臉。我的目光朝裡面探尋，不由得倒吸一口冷氣，差點恐怖得要叫出聲來：一口黑色的大棺材橫放在那兒。棺材前的一面小鏡框裡有張死者的照片，和鏡框放在一起的還有盛得滿滿的幾碗米飯。

我猛然縮回腦袋，胃裡即刻翻騰起來，有一種嘔吐的感覺，渾身上下的皮膚都像有無數條小蟲在上面蠕動爬行。我轉身走出屋子，來到屋簷下，面對田野大口大口地呼吸，像條離水的魚。

這天晚上，我只吃了幾口素菜，沒吃米飯。我怎麼也無法嘗試去吞食米飯。看到旁邊兔子狼吞虎嚥的樣子，我又想吐了。

晚飯後，雨下大了，天色黑得伸手不見五指。大屋子裡一盞電燈像鬼火似的幽暗。我本來是靠門邊睡的，後來我提出要和兔子換個位置。兔子把鋪蓋挪到外面，一個勁地問我爲何要換床位。我打了個哆嗦，我說我怕冷。我說我怕冷的時候有一種嘔吐的感覺。

兔子把他的被子展開覆蓋住他和我的床鋪，然後再把我的毯子蓋在上面。我們鑽進被窩躺下。風搖撼著木窗，發出一陣陣顫動聲。屋頂的瓦片上被暴雨傾注敲打，雜遝的聲音像有無數幽靈上竄下跳，四處爬行。我睜開眼睛，看到一絲燭光從那扇木門的門縫裡滲出來，搖曳著明明滅滅，兔子的半個臉蛋被燭光照耀，若隱若現，看上去令人毛骨悚然。我的手不由得從被下伸過去，想把兔子拉過來，離開那束閃閃爍爍明明暗暗的幽光。我的手摸索著，穿過冰冷的被窩，觸到了兔子溫暖的下體。我感到兔子先是一愣，接著像是觸電般地戰慄起來。我很快意識到發生了什麼事，迅疾地縮回了手。

兔子清醒過來，他一骨碌撲向我，嘴裡大聲嚷嚷著：「不行，不行，這太便宜了你。」

「對不起，我不是故意的。」我被兔子壓在身下，喘不過氣來，只得求饒。

「不行，不行。」兔子把頭搖得像撥浪鼓。

「那你要幹嘛？」我哭喪著臉問道。

「摸還。一次，就一次。」

我聽兔子這麼一說，臉刷一下緋紅，羞愧地蜷縮起身子，兩隻手下意識緊緊捂住下身。

我們兩人在黑暗中沉默。一個是等待屈從妥協，一個是靜觀事態發展。

兔子終於覺察對方毫無誠意，沉默不過是緩兵之計。他開始發動猛烈的進攻，憑藉著體力上的優勢，他很快將我的雙手移開，壓在膝下，一隻手摁住我的身子，另一隻手便撩開我薄薄的內衣，粗魯地闖了進去。

我感到一種絕望的窒息，想喊，又怕同屋的其他人聽到，兔子已做著他想做的一切。我的羞愧感猶如潮水一般覆蓋全身，可漸漸地，又神奇地退了下去。兔子的手不像原先那般魯莽粗重，變得柔軟溫和，彷彿輕輕梳理著我僵硬的肌體。我的血液湧動起來，手腳似乎也熱呼了，羞澀和恐懼的感覺被一種慢慢滋生的愉悅感所替代。我不再抗拒，任憑那種愉悅感衍化成巨大的舒適和暢快……

兔子在我身旁躺下了，過一會兒，他過來抓住我的手拽向他的下身，兔子喃喃地說，「你不要不高興，我再讓你摸一次好了。」我的手指頃刻間傳導了一股滾燙的熱流。

同屋的一個同學發出一聲怪叫，我嚇了一跳，想縮回手，卻被兔子的手一把捂住了。

一個同學睡不著，他開始給大家講起了鬼故事。

我收回自己的手，兔子又俯過來，又一次重複先前所做的一切。黑咕隆咚的屋子裡，只有那個講鬼故事的聲音在幽幽地迴盪。我覺得兔子的手很燙，自己的身體也很燙，我已經忘卻了羞澀，忘卻了陰森森的恐懼，漸漸感到這一切似乎還很有趣，很過癮。

就這樣，躺在同一個被窩裡的兩個男孩不斷輪換撫摸對方的身體，以此獲取一種溫暖，一種依傍，一種慰藉……

16

我不想在這部書裡叨叨絮絮向你傾訴我家曾經遭受的所有苦難，我不想一遍遍詳盡描述我的親人怎樣被遊鬥，我家的牆上怎樣被貼滿大字報；還有，那段日子裡差不多每個晚上都有人用石塊砸我家的玻璃窗，咣郎郎清脆的迸裂聲像是一次次敲響讓人心驚肉跳的喪鐘；我也不想向你介紹我在那時候所觀察到的外部世界的變故，例如：上課上到一半，麥克風裡會傳出教導主任驚恐的呼叫，吩咐同學們將窗戶全部關閉，隨即我們可以看到一輛輛裝滿人的卡車風馳電掣地從校門口呼嘯而過，車上的人一個個都戴著藤帽，手持鐵矛，滿臉的殺氣。

我不想向你渲染這發生過的一切。請不要誤解，我在敘述我的流浪史的時候，不可避免地會提到那些曾經降臨在我身上和我親人身上的苦難，但那絕非爲了騙取一掬廉價的同情之淚。倘若哪一天你向朋友交出你受傷的心，而他僅僅是出於禮貌給予幾句撫慰的話，那麼，就讓你的傾吐見鬼去吧！

我之所以避開那些具體的詳細的描述，是因爲那段歲月裡這個世界所發生的事情對一個心理處於封閉狀態的男孩來說，並無直接的實在意義。

那時候，眞正困擾我、折磨我的只有一件事，那就是對母親的善惡評判。現在回首望去，這種道德評判幾乎貫穿我三十歲以前的全部生命。可以說，我的流浪史便是一部逃離母親、背叛母親的歷史。

另外，我有整整一個夏天和一個秋季是在臨近蘇州河邊上的一間小閣樓裡度過的。這使我有機會不去面對那個熙熙攘攘嘈嘈雜雜的亂世。

我躲進那間小閣樓，每天由一個叫袋鼠的小男孩像獄卒一樣給我送飯吃。這個精瘦的男孩是姊同學的弟弟。那時候，學校已全面停課。姊爲了使我免受家庭劫難的影響，聽從了同學的建議，將我送到了他家。這樣，我在那間小閣樓裡像一個大人物似地開始了長長的避難生涯。

袋鼠的母親是一個爲人極其謹愼的裁縫。老太太長得身材矮小，嘴唇癟癟的，說起話來低聲細氣的。我抵達她家的第一個晚上，是在樓下客堂間和大家一起吃晚飯的。飯菜端上桌後，老太太閉上眼睛，兩片乾癟的嘴唇喃喃蠕動。我那會不明白這叫禱告，眨巴著眼傻愣愣地與大家一起等待著。老太太睁開眼睛後，大家才拿起筷子開始吃飯。吃飯時，老太太不斷給我夾菜，坐在我旁邊的袋鼠便用一種冷冷的目光一會兒看看他母親，一會兒看看我。

這天晚上我上了小閣樓之後，很長一段時間裡再也沒有離開過那兒。

老太太不讓我下樓，甚怕街坊鄰居發覺她家藏著一個陌生人。再熱的天，老太太也把門關得死死的。每天早晨七點左右，老太太便踩響了那台破舊的縫紉機。縫紉機滾動的聲響要一直持續到暮色降臨時分。可以說，除了書籍，就是縫紉機的滾動聲陪伴我度過整整一個夏天和一個秋季。

閣樓上放著兩只書櫥，裡面整整齊齊擺放著很多書。實在窮極無聊，我便翻閱起書籍來了。我不像有些人那樣，彷彿從小，彷彿無論在怎樣惡劣的環境下，從血液裡都蓄滿了一種對文明的渴望。我沒有這樣一種渴望。我是被迫躲進小閣樓裡，在毫無選擇的情況下才拿起書本的。我想，倘若沒有那些書，我會憋死的，我會變成一隻大甲蟲，在小閣樓裡匍匐蠕動。我想，如果有可能，我也會像其他同齡人那樣趴在地上打彈子，抬著一條腿鬥雞，或者下陸戰棋，鬥蟋蟀，甚至摔跤。

我曾津津有味、充滿新奇地聽一位朋友大談一番蟋蟀經。我像聽天方夜譚一般的神情以及提出的一些極爲無知的問題使得我的那位朋友大爲吃驚。他圓瞪雙目問我：你居然連這些都不知道？你小時候在幹嘛？

在這方面，我確實像個白癡。我不會說粗話，不會罵娘；羞於在女孩子面前講話；酷熱難熬的天氣，我絕對不肯像其他男孩那樣打赤膊。但這一切並非說明我怎樣有教養，怎樣從小生活在一個擁有良好習俗的環境裡。不，不，這一切全是誤會。我所生活其間的區域是我們這座城市最爲貧窮、最爲骯髒、犯罪率最高的地方，我之所以在別人眼裡似乎有那麼一點教養，實在是因爲童年和少年漫長的歲月中沒有機會讓我去做一些不體面的事。我一生下來，差不多就被生活隔置在一旁，我是滔滔東去的生命之河岸邊的一個孤獨的徘徊者和旁觀者。

快十六歲那年，一個比我大幾個月的男孩帶著猥褻的笑容問我：你知道你是從你媽哪個部位生下來的嗎？我望著天空蹙緊眉頭捉摸了老半天，而後我很有把握地回答：胳肢窩。是從胳肢窩裡生下來的。那個男孩噴口大笑，他放肆而可惡的笑聲直到現在還久久留存在我的記憶裡。

我在縫紉機噠噠聲響的催動下，整日躺在床上看書。書頁迅速翻動，書櫥裡我尚未讀過的書籍在減少。

我讀了《紅樓夢》、《水滸》、《林海雪原》、《鐵道游擊隊》、《紅岩》、《歐陽海之歌》、《三家巷》、《簡·愛》、《歐葉尼·葛朗台》等等等等。

《三國演義》是我那時候最喜歡的一部書，我先後讀了四五遍，很多段落在我成人之後都能倒背如流。而最打動我的卻是一篇叫做《老水牛爺爺》的小說。老水牛爺爺被河水捲走之後，那條曾經和他朝夕相處的狗不吃也不喝，一直伏在河堤上，靜靜地觀望流淌的河水。好心的人們放在牠身邊的食物日益增高，而牠看都不看一眼。一天天過去了，那條絕食的狗日漸消瘦，最後，牠難以支撐下去，終於耷拉下無望的腦袋，永遠地躺在捲走牠主人的那條河的岸邊。

那天，我讀完這篇小說，整整難受了一個晚上。袋鼠端著飯菜從樓梯上爬過來，看到我神情頹喪，想與我搭訕幾句，後來見我一聲不吭，非常委屈地下樓去了。

說來奇怪，那時候我最想念的不是母親、姊和二姨媽，我一點都不想她們，我甚至還有一絲解脫的自在感。那時候我最想念的是我的兩位同學：橘子和兔子。在我閱讀的間隙，橘子那張圓圓的甜甜的笑臉常常會突兀地闖入我的視線；想念兔子的感覺則要複雜些，一方面會有一股熱流從心底湧起，另一方面又會渾身戰慄，彷彿沉浸於一種後怕的心境裡。

小閣樓囚禁一般的生活，最讓人受不了的就是我無法與思念中的人聯繫。我經常為此而惱怒，陰沉著臉和誰都不說話。袋鼠當然不明白這些，在他看來，我是一個驕傲的、喜怒無常的怪物。

按理說，袋鼠與我差不多大，在那種情況下，我們至少可以在一起玩玩，說說話，藉以排遣煩悶和孤獨，打發無聊的時光。不知為什麼，從一見到袋鼠起，我就討厭他。這不僅僅是因為他長著猴腮一樣的臉，單眼皮遮蓋了本來就不大的那雙眼睛，活像一個漢奸；還因為他氣量極小，一句話不對就噘起薄嘴唇，倘若這時無人理他，眼淚便毫無節制地流下來了。在袋鼠面前，我很少有自卑感，有時候還會陡然增添幾分蠻橫。

一天，袋鼠端著飯菜輕手輕腳地來到我的床邊，我猛地抬起頭，才發現已是暮色四合的掌燈時分。這天晚上吃的是一條幾寸長的小黃魚，外加一小碟青菜。袋鼠將飯菜放在床邊的茶几上，悄無聲息地下樓去了。

我正吃著那條誘人的小黃魚，忽然聽到樓下有竊竊的齟齬聲。

「我也要吃整條的魚。」這是袋鼠的聲音。

「你這個孩子，怎麼這麼不懂事，這是留給你哥的菜。」老太太說話的聲音壓得很低。

「他怎麼吃整條的魚？我不管，我也要吃整條的魚。」袋鼠說話時已帶著哭腔。我聽得出來，袋鼠所說的「他」，指的就是我。

這時，姊的同學回來了。他每天都是很晚才從學校回來。回家後也不空閒，不是畫漫畫，寫大幅標語，就是刷刷飛快地刻蠟紙。第二天一大早，他就夾著一大堆東西匆匆趕往學校。有時我聽到老太太用擔憂的口吻問他在幹些什麼，他總回答說你不用管。

姊的同學究竟在忙些什麼我也不清楚，但有一點我是知道的：他和姊在一起。姊常讓他捎些吃的東西給我。沒東西時，就捎話給我：諸如不要出去，聽大人的話之類的。姊的同學把話帶到後，也沒工夫與我閒聊，回頭轉身忙自己的去了。有一次姊來看我，無意間流露出她和幾個同學成立了一個什麼兵團的，看到我眼睛一亮，連忙叮囑我不要對別人亂說。我乖巧地連連點頭，心裡卻想我能向誰說呢，袋鼠我是絕對不會告訴他的。

「你就讓他吃嘛。」姊的同學聽完老太太的訴說，不耐煩地說了一句。

「他也吃整條的魚。」袋鼠顯然得到了一些安慰，抽抽嗒嗒地開始吃飯，邊吃邊嘀嘀咕咕說道。

「誰？你說誰？」

「駱駝。駱駝也吃整條的黃魚。」袋鼠說。

「駱駝吃整條的魚與你有什麼相干？」袋鼠的哥哥突然火了。「你這個沒出息的，這麼大的男孩還整天哭哭啼啼的，比人家女孩子還不如。」

哇的一聲，袋鼠還未等他哥說完，已傷心得號啕大哭起來。他把碗筷往桌上一扔，賭氣地奔上了小閣樓。

看著袋鼠肩膀一聳一聳面壁而泣的哀傷背影，我想到過是否該去安慰他一下，也想過是否把我尚未吃完的半條魚省給他吃，但我什麼都沒做。我一動不動地坐在床上，冷冷地注視著事態的發展。我的內心深處還有一個念頭執拗地爬上來，我覺得袋鼠是活該挨罵的，一個動輒哭鼻子的男孩只能招來別人的鄙視和厭惡。

但後來發生的一件事，讓我改變了對袋鼠的看法。

17

小閣樓朝南有一扇窗。早晨，太陽從東方升起，一縷明晃晃的霞光從視窗映射進來，閣樓內頓時滿壁生輝。傍晚，夕陽西下，閣樓東牆上塗滿了燦爛的晚霞。站在一張凳子上，從視窗往外鳥瞰，可以看到一條河靜靜地臥躺在下面。這條河自西邊蜿蜒而來，汩汩流淌，繞過閣樓後又曲曲彎彎東去。

秋天來了。順著河道颳進來的秋風將一些飄零的落葉帶到河面上，像是一面面浮萍來無影去無蹤，隨河水載著它們飄向遠方。停泊在河邊的船隻，卸下一些貨物後，又姍姍地駛走。烏亮的河水在大彎道那兒打著一個個漩兒，惹得幾隻鷗鳥盤桓其上，聒噪不已。

十幾平方米的小閣樓奪走了我行動的自由，但無法奪走我幻想的自由。當秋風從河面上掠過，一陣陣撲進窗來，我躺在床上，思想便像一匹駿馬，開始了無拘無束無邊無涯的馳騁。閣樓的屋頂上，因為年久失修，漫漶的石灰構成了一幅幅依稀的圖畫。這些圖畫模糊不清，似是而非，在我眼中像萬花筒一樣變幻莫測。我一會兒看到兩個勇士騎在馬上英勇格鬥，一會兒又看到一個長袖峨冠的中年男子，坐在一輛木輪車裡緩緩駛來。我在那些統帥武士中間，尋找著我理想中的父親面貌。我一次次地指認，又一次次地否定。我似乎覺得，父親並沒有死，他活在一個遙遠的王國裡，倘若他獲悉他的兒子失去了自由，會毅然決然率領龐大的軍隊來營救他的兒子。

秋季裡的一個下午，我午睡醒來，淅淅瀝瀝的秋雨敲打著窗欞。袋鼠躺在對面呼呼大睡，老太太可能買菜去了，屋子裡靜悄悄的。

我來到窗前。煙雨迷濛的河面上，一隻帆船從很遠的地方穿過灰黯的雨幕朝這兒駛來。這番景象與我多少次夢中所見極爲相似。那隻帆船靠岸後伸出一塊跳板，然後從船艙裡走出我的父親，他橫越跳板涉過一汪水灘，健步朝小閣樓走來。我像隻小鳥一樣朝他展翅飛去。父親張開臂膀將我抱起舉過頭頂，然後對著蒼茫天地高聲吶喊：我的兒子，從此你的苦難結束了！

我沉浸在解脫的狂喜之中，飛快地下了樓梯打開門朝河邊跑去。雨珠無情地傾瀉在我的身上。我是那樣興奮，好久好久沒有在雨地裡行走了，好久好久沒有和灰濛濛的天地如此靠近了。

這是我在長長避難日子裡的唯一一次出逃。

秋風秋雨中，我沿著河岸，一直跑到了很遠的地方……

我的出逃，急壞了老太太，她讓她的兩個兒子分頭尋找我的蹤跡。袋鼠本來身體單薄，在尋找我的路上一把小傘又被風颳走，一雙鞋也掉在泥地裡，當這天晚上九點多我跟著袋鼠的哥哥回到小閣樓，袋鼠躺在那兒發著高燒，哼哼唧唧地叫喊著我的名字。

我跪在袋鼠的床邊，輕輕搖撼他精瘦滾燙的身子。

很久之後，袋鼠甦醒過來。他醒來的第一句話就是：

「你不要再逃了。以後你不願意理我就不要和我說話好了。」

我的心一熱，撲到床上，和袋鼠緊緊擁抱在一起……

這以後，我再也沒有逃跑過。

秋天很快過去了，臨近春節的時候，姊將我領回了家。

18

我從小就對過年有一種嚮往。過年時不僅可以吃到平時吃不到的許多東西，更主要的是，一到每年一次的傳統春節，會有很多親戚朋友來串門做客，而我呢，也可以跟著母親和姊去舅舅家或其他親戚家做客。

這個春節不一樣。這個春節格外的冷清。家裡只有母親、姊和我。二姊被學校隔離審查。二姨媽去舅舅家過年了，那扇過道門緊緊關閉著。昏黃的燈光照著母親和姊落寞的臉，她們知道，不會有任何人來我們家了。

小街上劈劈啪啪地響起了鞭炮聲。以往過年時，表姊們總會送我許多鞭炮。今年因爲沒人送，我吵著要，姊有些動心，想去替我買一些，誰知母親一瞪眼，說：

「又沒有什麼可以高興的事，買鞭炮來做什麼?」

於是，我沒有鞭炮，這個節日裡我沒有鞭炮。我第一次明白，原來過節可以有鞭炮也可以沒有鞭炮，原來過節可以熱熱鬧鬧也可以索然無味。

一束璀璨的焰火呼嘯著躥上幽藍的夜穹，豔麗的光芒映亮了我家的小院。

我坐不住了，乘母親去廚房的間隙，我端著飯碗偷偷溜出了屋子。小街上聚滿了人。起先我只是龜縮在門口，憑藉夜幕的掩護，窺視著人們點亮一掛掛鞭炮一束束焰火，後來我被小街上的氣氛所感染，把姊平時告誡我的話忘記得乾乾淨淨，不知道什麼時候，我已擠到了人群的中間。

「嘿嘿，這個小狗崽子也出來了。」一束焰火上天，使得櫻桃的父親認出我來了。

我在黑暗中冷冷地盯著他。我的目光中蓄著幾絲恐懼，幾絲憤懣。

「喂，大家讓開！」櫻桃的父親擺開架式，點著了一杜碩大的爆竹。

他陰險的半個笑臉似乎在警告我。

當我隱約猜出他的不懷好意之後，猛然回轉身，撒腿往家中逃去。快到家門口時，我只感到腳下轟然一聲巨響，頓時一股嗆鼻的硫磺氣味環繞我的周身，我受了驚嚇的腦袋懸浮在硝煙之中，搖搖晃晃的身體踉蹌了幾步，終於沉重地跌倒了。

我手中捧著的那只搪瓷鐵碗像是也參與了這場預謀，它飛走的速度猶如離弦的箭，它先我一步掉落在地，然後張開猙獰的嘴，等待我的入網。

我朝著地面倒下。

我朝著那只搪瓷鐵碗倒下。

像一隻折斷翅膀的鳥雀。像一頭誤入陷阱的羔羊。

我倒地了。我的眉骨重重地砸在那只搪瓷鐵碗的碗沿上。

我的眉毛從此被斷開。一條傷痕醒目地豎立在右邊眉毛的中央，彷彿一柄凶險的匕首，彷彿一枚彎彎的月芽。它更像一個問號，永久地鐫刻在我的腦海：人們爲什麼那樣仇恨我？爲什麼？我來到這個世界上難道隱含著什麼不可見人的罪惡？

我是那樣渴望揭開我的出生之謎。

19

春節一過，天氣開始轉暖。明媚的陽光四處流溢，給整個大地帶來了融融的充滿溫情的春天景象。道旁的梧桐樹，捱過了頹傷的季節，虬曲的枝幹上冒出了茸茸的綠意，在微風中不停地抖動。

春天的到來，並未改變人們對我家的敵視態度。學校開始復課，我提心吊膽地選擇通往學校的安全之路。老師提出每天來接送我，我執意不肯。於是，我的背後始終遠遠地晃動著一個身影，那是我的保護神。

事隔多年以後，我在路上邂逅兩鬢染霜的老師，她依舊是步履匆匆地每天趕往我的母校。這時候我才知道，那些歲月裡，老師一直如影隨形地跟在我的身後，護送我上學和回家。要是沒有老師，我不知道還要遭受多少凌辱和欺負。老師和我非親非故，爲什麼要對我這樣好？她又當班主任又帶宣傳隊，學生有那麼多，可偏偏對我如此厚愛，我該如何來報答老師這樣的恩人呢？我想，此生此世，我是永遠無法償還這筆情債了。

每天放學回家後，我躲進小閣樓，一個人做功課，一個人看書，打發時間。我已在避難期間學會了自己調整情緒，學會了一個人忍受時時可能發生的不愉快。

這一年的春天，姊高中畢業了。她爲了帶領無人照看的我，曾經休學一年，而恰巧相差一年的工夫，她失去了報考大學的機會。這是姊一生中最爲遺憾的一件事。步入中年之後的姊回首往事時神態茫然感歎不已，她說：和什麼都可以強，就是不能和命強。

姊頂替母親進了工廠。她的同學、袋鼠的哥運氣最差，他因爲得罪過那個負責畢業分配的老師，被分到一個邊遠省份的小城當劇團美工。他作爲一個團體的領導人，曾在千百人的歡呼聲中，以口若懸河的雄辯才能，輕易擊敗了代表另一派別出場辯論的那位老師。於今，形勢發生了逆轉，他的命運操縱在對手的股掌之間，他的口才再好，他的才藝再出眾，也無濟於事。他做出打點行裝的決定之後，懇求姊與他結伴同行，一起奔赴那個邊遠省份。

這就誘發了我家一場無可避免的大衝突。

我記得那天放學歸來，遠遠地便聽到小院裡吵得不可開交，其中夾雜著姊的嗚咽聲和二姨媽嘹亮的斥責聲。

我走進家門，看到姊傷心地聳動雙肩，二姨媽咿哩哇拉，唾沫四濺地罵罵咧咧，而母親則漲紅著臉，一言不發地坐在那兒。

「天下沒一個男人是好的。」二姨媽高聲嚷嚷道。

我不知道二姨媽曾受過多少男人的騙，她那樣武斷地給世界上所有的男人下了判決肯定是有其原由的。不過，當時在我心裡是無法認同二姨媽的判斷的。以我看來，世上至少有兩個男人，無疑是二姨媽用慘痛教訓換來的著名論斷所不能概括的。一個就是引發這場爭吵的核心人物——袋鼠的哥；另一個則是舅舅，我心目中不容詆毀的偶像。

「金錢如糞土，這是什麼屁話？他沒有錢才這樣說。沒有錢能造屋？沒有錢你母親能把你們這些子女養大？」二姨媽說到「造屋」兩字時，短短的手臂在半空中劃出一道弧線，我覺得，這是二姨媽平生最自豪、最輝煌的一個動作。

「他說的又不是這個意思，他是說錢總會有的。」姊抽搐著辯白道。

「不是錢不錢的問題，你走了，這個家怎麼辦？」母親說。

「我也不過是提出來和你們商量嘛。」姊嘟噥道。

「你還怕找不到男人，要跟著一起去充軍？」二姨媽繼續高嚷著。

「話不要說得這麼難聽。」姊很輕地嘀咕了一句。

「嫌難聽？我還有更難聽的沒說哩。」

「我不要和你說了！」

姊這句話把二姨媽本來就在興頭上的火爆脾氣煽得更旺了，她像連珠炮似地甩出一串辱罵聲：

「你不要和我說，我還懶得來管你哩。你嫁哪個男人與我有什麼關係？你跟他走好了，我知道你熬不住了呀，你熬不住怎麼不找個啤酒瓶來捅捅呢？」

當時我沒聽懂二姨媽的話，對她話裡的刻毒含義木然不解。而姊顯然是聽懂了，她大聲喊叫起來：

「你怎麼這樣下流！有你這樣當長輩的嗎？你自己一輩子守寡，就非得讓別人也跟你學嗎？」

二姨媽可能沒料到會遭受如此猛烈的反擊，她一向不允許小輩頂撞她。此刻間，她像頭發瘋的獅子，額上青筋暴突，嘴裡不乾不淨地辱罵著，之後她猛地返回屋子開始尋找可作武器的東西。

母親大概意識到問題的嚴重性，她幾乎是撲過去，一把拉上中間那扇過道門，插上插銷，然後還不放心地緊緊拉住把手。我也跑過去，幫助母親一起拉住門。我聽到門那邊傳來乒乒乒乒的聲響……

一星期以後，姊領著我去火車站送她同學。我們到了月台，看到了比我們早到的袋鼠和裁縫老太太。老太太眼圈紅紅的，嘴唇蠕動著，一個勁兒地朝我們點頭招呼。

袋鼠的哥提著箱子，登上火車之前，與大家一一話別。走到姊面前時，他默默地看了她一會兒，什麼話也沒說，一扭頭決絕地走了。

我覺得，他這樣對待姊是不公平的。因爲他走後的幾天裡，我一直看到姊偷偷地躺在床上擦拭眼淚。

火車啓動了。呼隆隆駛去的長長的車廂，席捲起一股撲面的巨風。車窗上，離人的臉像刀刻石削一般冷峻堅毅，他那有神的眼睛以及微翹的嘴角，都透露出一股鬥不敗的韌勁。迎面而來的風拂起他長長的頭髮，他捋了捋飄至前額的頭髮，像是不願讓人看到他落魄和頹傷的模樣。

火車載走了姊姊高中時代的親密朋友。載走了袋鼠家的支柱。載走了我童年與少年時代騎士般讓我仰慕的一個男人。

這一年眞是多事之秋。

20

夏天的時候，二姊從外省某個勞改農場逃回來了。

自從二姊回來後，我們家便再也無法安寧。

我第一眼看到二姊，簡直不敢相信，曾經是那樣美麗的一張臉竟然變得如此憔悴，如此枯萎。二姊的面容極爲疲倦，臉色泛黃，眼圈周圍隱隱約約浮現一道道細紋。她像一隻遊歷在外曠日不歸的傷鳥，於今已筋疲力盡，瘢痕累累，她穿著一件皺巴巴的短衫，攤手攤腳地平躺在木板床上，令站在門口的我猶豫再三，許久不敢跨進門來。

少年時期的我一直不能明白，二姊怎麼會有那麼大的本事，在那些人的嚴密監視下，居然能從學校那間關閉她的倉庫裡潛逃出去。她興許實在難以忍受精神與肉體雙重的折磨，憑藉星光月色，咬著牙鋸斷了倉庫小窗上的鐵柵。事後當人們發現這一切的時候，都不由得爲二姊擁有俠客般飛牆走壁的非凡能力暗暗吃驚。不可忽視的是，當我的二姊像獵鷹一樣輕靈地飛越那扇唯一通向自由的小窗時，她年僅十七歲，既無越獄經驗，又無男人般的膂力。

二姊出現在燈火輝煌的港口碼頭，已是子夜時分。她惶恐不安地徘徊於樹陰花壇之間，眺望江面上星星點點的漁火，心緒像江霧夜靄一樣迷濛。她覺得自己猶如那些停泊擱淺的船隻，失去了飛翔的方向。家是不能回的，那次就是被櫻桃母親在家門口逮住後交還給學校，那些人才將她從一間教室轉移到倉庫去的。那麼去哪兒呢？哪兒才是她逃亡的最可靠的目的地呢？

正在她遲疑不決的時候，一個肩挎旅行袋的男人在遠處出現了，他像個幽靈似地從樹叢後面窺視著她，將她躊躇的步履、憂鬱的神情一一看在眼裡。

我想，這個時候二姊走到了月色朦朧的江邊，走入了這個男人的視線之內，那都是一種劫數和安排。二姊既然已經走到了這裡，那麼以後所發生的一切都是不可避免的。

我帶著淡淡哀傷的心緒遙想二姊當年的逃亡故事時，情不自禁地會看到那一縷縷瀰漫在二姊年輕旅途上的江霧。我寧可將那些江霧想像成浪漫的或富有詩意的。我寧可將二姊苦難而悲傷的逃亡經歷，看作是一曲帶點傳奇色彩和幻想色彩並由小號奏出的悠遠的詠歎調。二姊跟隨那個講話有點結巴的男人登上夜發的江輪，伏在被粼粼江面映亮的船欄上，凝視泡沫飛濺的白花花的江水，心情一定無比的輕鬆和舒展。她在那會兒所表現出來的愉悅神情，很容易被那個結巴男人曲解，他甜滋滋地觀賞著意外的獲獵物，誤以爲天眞幼稚的姑娘對他這個剛剛結識不久的男人，充滿小鳥般的依依戀情。

那個男人帶著我的二姊步下江輪的甲板，來到黎明的岸上，又搭乘西去的汽車，經過長長的顚簸才抵達終點。這時我的二姊才知道，她來到了外省的一個勞改農場。步行幾十里地，二姊看到一片種滿西瓜的山坡上，孤零零矗立著一間破敗不堪的茅屋，它像條遭人遺棄的叭兒狗蹲伏在那兒，懸掛屋簷下的破草席，像大大的耳朵耷拉著隨風舞動。

在這間茅屋裡，二姊給那個面色黧黑、骨骼粗壯的男人生下了我的外甥。

「要是那時候他一直對我像起先那麼好，我也許一輩子就不回來了。」二姊面對我探詢的目光，彷彿不堪回首地搖搖頭。二姊不願意繼續回答我的提問，她陷入了所有的中年人都會產生的那種突如其來的對某件往事長時間的凝思和逗留之中。但我從她惘然若失而又不無憂悒的眼光裡，彷彿清晰地目睹了那個男人喝醉酒後，怎樣用瓜藤編成的鞭子一次次抽打我的二姊，然後撕下二姊的衣服，恣意凌辱她滿是傷痕的肉體。

二姊先後七次逃離那間茅屋。那個惡棍六次將她從曠野荒原中捉拿回來。他軟硬兼施，時而涎著臉花言巧語，表示要痛改前非，時而虎狼般凶狠，揮舞那把砍柴的斧子以死相逼。而短短幾天過後，這個男人又一切照舊：酗酒，施暴，好似要把對生活的復仇情緒一古腦兒傾瀉在我二姊身上。二姊最後一次成功地逃離那間茅屋，是在一個下著滂沱大雨的夜晚。她在那個男人的酒壺裡放了藥。只要再多放幾顆，那個結巴男人便將永遠地睡過去了。二姊乘他喝得酩酊大醉，像死豬一樣沉睡的時候，迎著淒風苦雨，用一塊長布條背著我的外甥，在泥濘的野地裡逃遁而去。

二姊踉蹌地回到我家時，見母親和姊一句話都沒有，放下我的外甥，她打著呵欠伸了一個長長的懶腰，隨後倒頭睡去。她足足睡了一個星期，積蓄了充沛的精力，醒來後與母親開始了馬拉松式的吵架。

我對那個燠悶的夏天至今還記憶猶新。我清晰地記得二姊突然從木板床上躍起，頭髮凌亂，面容可鄙地大聲尖叫。我的外甥在熟睡中被刺耳的叫聲驚醒，號啕大哭。

「我不能原諒她，沒人用這樣惡毒的語言罵過我。」我母親時隔幾十年以後這樣說。「我是為她擔心，才讓她早早地把那本日記簿燒掉的，而她卻認為正是因為燒了那本日記簿，才使得那些人虐待她，威逼她，讓她寫下了厚厚長達幾十頁的坦白書。」

「你在日記裡寫了什麼？」我問二姊。

「也沒什麼。」二姊淒然一笑。「不過是寫了幾段懷念父親，希望能像別人那樣擁有一個健全家庭的文字。」

「那你後來在坦白書裡寫了什麼？」

「誰還記得。反正他們希望我怎樣寫我就怎樣寫。這疊厚厚的稿紙後來還給我時，我看都沒看就扔進了火爐。」

二姊攜子成功逃離勞改農場，躺在我家的木板床上，反思她十八年所走過的路，尋找致使她陷入重重災難的根源時，她的目光久久停留在那本懸浮半空中的日記簿。於是，她豁然明白了什麼。她用狐疑的定樣樣的奇怪眼神，盯著天花板看了半晌，然後，突然從木板床上一躍而起，朝著母親發出了一聲長長的淒厲的尖叫。

一個星期以後，等二姊稍稍平靜下來，母親帶著她去了一家很遠的醫院。醫生看了看二姊癡癡的神情和不時閃忽轉悠的眼睛，很自信地往病歷卡上寫下了五個潦草的漢字：

精神分裂症。

21

也就是在那一天下午，我看見少年時期的我滿頭大汗地從陽光燦爛的小街上跑來。

我跑進小院，撞開門，大聲地叫喊著。但屋內闃寂無聲，一個人也沒有。我放下書包，興沖沖登上了閣樓。我翻箱倒櫃，開始尋找什麼。

我尋找什麼呢？

那時候，母親給我的零用錢是每月五角錢。我常常一個月不到就花完了。這一天我是看到了一本好書還是想去買什麼文具，兜裡的錢不夠，於是，我想到了姊平素儲存硬幣的一只豬仔模樣的錢罐。豬仔的臀部上有一條細縫，我能從細縫裡抖出一些硬幣來。我曾那麼幹過。

那一天不知是姊將錢罐移挪了地方，還是因爲我心急火燎的，怎麼也找不到我想要的東西。後來，我搬過一張椅子，爬上去站得很高，把一只擺在大櫥上面的黑皮匣的蓋子掀開了。我經常看到母親搬上搬下那只黑皮匣，但從不知道黑皮匣裡究竟藏著什麼。

我把一隻手伸了進去。手在皮匣裡摸索遊動。我皺起了眉頭。片刻後，我眨巴著眼睛，像是有了什麼重大的發現。

那一年那個陽光明媚的夏日午後確實有點不同尋常。

天空中本來晴朗無比，整整一個下午，似金如銀的驕陽烤得城市的街面滋滋作響，憩息枝頭葉間的知了們一聲聲無休止地拖長著煩悶的鳴叫，彷彿在鼓勵烈日的炙烤。臨近傍晚時分，突然從東南方向飛來一群金黃色的蜻蜓，牠們薄薄的翅羽經陽光照耀後閃爍黑色的光斑，像一片烏雲聚集在小街的上空。

蜻蜓愈來愈多，就像一條巨鯨抖落的魚子，密密麻麻，霎時間小街變成了擁擠的河道，天空被蜻蜓們遮蔽變得漆黑起來，颼颼的涼風開始在街面上低低迴旋，一種不祥的陰影籠罩了人們的心頭。事後一些上了年紀的人都說，幾十年來，像這樣奇異的景象從未出現過。那些成群結隊蜂擁而來的蜻蜓像是得到了某種號令，牠們奇蹟般地從四面八方從長空天路上匯聚過來，構成了小街史無前例的壯觀奇景。

半小時後，低迴街面的涼風盤旋而上，房屋的門窗乒乒乓乓被風吹開，天空中飄落一些零星雨點，蜻蜓們呼啦一下一齊滑向地面，有的在半空中紛紛飛進那些打開的門窗。

隨著一聲驚天動地的雷電霹靂，一場罕見的暴雨從天而降。小街上的房屋在風雨飄搖中瑟瑟打抖。

一群蜻蜓飛進我家的小閣樓，牠們在我身體的四周翩翩飛舞，那細若游絲的歌唱聲微微帶著一種憂鬱的傷感，宛如遙遠的牧笛在山谷間蕩漾。

我從黑皮匣裡拿出一筒卷紙。我慢慢展開那筒卷紙的時候，不知怎麼的，內心湧現一種既神祕又恐懼的情緒。那卷紙完全平展在我面前的時候，我眉心緊鎖，眼睛怔怔的，沉入了無邊無際的迷茫之中。

那幾張因爲歲月的侵蝕而有些泛黃的紙，一份是我父親和我母親在我出生的前一年結婚的證書，一份是我出生的那一年法庭判決我父親有期徒刑三年的判決書，還有一份則是監獄發出的死亡通知書。

我首先想到的是，與自己那麼親近的姊，還有哥，還有二姊，他們居然都還有另外的父親；其次，令我震驚和傷心的是那麼多年來，母親始終瞞著自己，父親根本不是什麼得病而死的，他是一個罪犯，他是死在監獄裡的。

我用迷迷糊糊的目光環顧了一下閣樓的四周，覺得這個家是那樣的陌生，覺得一切都是那樣的陌生。母親是不眞實的，姊是不眞實的，自從我來到這個世上，就陷入了一個圈套。一個命運的圈套。

我相信誰呢？

我能相信誰呢？

蜻蜓們不斷地飛進窗內，牠們吟唱著，在閣樓裡狂飛亂舞。

第五章

每當夜幕降臨，小街的各個弄堂口，三三兩兩站滿了手持三角鐵、匕首以及釘了鐵釘的拖把柄的中學生。一到夜晚，小街上的家家戶戶早早地閉門不出，聽憑雜遝的腳步聲和器械的撞擊聲，回響滾動於小街的夜空下。兵團性的作戰好像永無休止。

22

天濛濛亮，浙中山區的一條石塊鋪成的小路上跑來一個光頭牛眼的漢子。他沿著彎彎曲曲的小溪，涉過一片茂密的甘蔗林，來到村頭一棟瓦屋前。他神色慌張地回顧了一下晨霧繚繞的四野，急急敲響了那扇黑漆的木門。

半晌，那扇沉重的木門吱呀一聲打開，一個頭髮凌亂的中年婦女探出半個腦袋來。

漢子附在中年婦女的耳邊，嘴唇飛快地蠕動。漸漸地，婦人的面容變得愁雲密布。

「我已經五、六年沒有和他來往了。」婦人顯得有些手足無措。

「別人可不管這些。你還是趕快逃吧。逃得遠遠的。」漢子說。

「那可怎麼辦？」婦人急得都快哭了出來。

漢子對婦人低聲嘀咕了一陣，很快便在那條小路上消失了。

半小時後，曙色蒼茫的野地裡傳來了一陣咕吱咕吱的聲響。光頭壯漢推著一輛木製獨輪車往縣城方向匆匆趕去。獨輪車的木架子上，一邊坐著那個中年婦人，她的懷裡還抱著一個剛滿兩歲的孩子；另一邊坐著兩個不滿十歲的孩子，大一點的那個男孩顯然還沒有睡醒，他的腦袋靠在他的妹妹的肩上，獨輪車一顛一顛的，使得他不時睜開惺忪的睡眼，迷惘地瞥望一直延伸到天邊的漫漫長路。

幾乎與此同時，相距百里地的另外一個村莊，正被一群荷槍實彈的民兵包圍了起來。持槍的民兵們封鎖了各個路口，然後由十幾個人組成的突擊隊慢慢向一棟粉牆瓦屋逼進。

那棟氣派的瓦屋靜靜矗立在清晨朦朧的霧靄之中，它的兩扇掛著圓形銅環的黑漆大門緊緊關閉著，猶如兩片緘默肅然的嘴唇，對即將到來的大禍無動於衷。

一年前，這棟鄉間瓦屋的主人，一個年逾六甲的乾癟老頭，在某個月明星稀的夜晚，偷偷地回到了他的故鄉。跟在他後面、替他提著一只黑皮箱的是一個十五、六歲的毛頭小夥子。

從那以後，每逢太陽出來的時候，鄉民們總能看見那棟瓦屋前面的空地上坐著一個小老頭。他的懷裡揣著一只銅製手爐，他的目光癡癡地凝視著那輪炫目的鄉間太陽，一動不動。時間長了，人們看到小老頭長長眉鬚遮掩下的那對麻木的小眼珠也彷彿點燃的火柴頭，有火焰在跳躍。那輪鄉間太陽裡究竟有什麼東西使得這個歷經滄桑的暮年人如此著迷？他就那麼坐著，看著，像一座塑像。那個毛頭小夥子拿來水菸袋，拿來紫砂茶壺，輕輕擱放在他的腳邊，好像甚怕驚擾了老頭專注的神情。直到太陽西落，毛頭小夥子才一聲不吭地默立在一旁，等待那個沉睡了一天的人緩緩起身，將椅子搬進屋去。

那個清晨全副武裝的民兵闖入那棟瓦屋的大院，將乾癟老頭從床上提起來的時候，他還靠在床上誦讀一本《易經》。一星期後，也是在一個清晨，山區上山砍柴的幾個鄉民聽到後山方向傳來一聲清脆的槍聲。時隔幾個小時之後，區政府大院的圍牆上貼出了一張處決前國軍將級軍官的布告。

幾十年以後，我在清明時節跟隨一隊山民進入那座浙中地區海拔最高的大山時，看到山道石級上沿途布設了各種祭品。當時我以爲那是鄉民們用來祭祀他們已故的親人的，而一個手捧我的二姨媽骨灰盒的山民卻告訴我一個聽了讓人毛骨悚然的傳說。他說，那些供品是獻給白毛山鬼的。很多年以來，每到下雨天，後山一帶的山道上就會出現一個白毛山鬼。它滿頭白髮，披著樹葉在山道上狂奔亂吼。這個白毛山鬼身材矮小，於是人們都說那是當年被槍斃了的乾癟老頭的魂靈再現。還有一種說法就更離奇了，按照持這種說法的人看來，當年在後山被槍決的不是那個軍官，而是他身邊的勤務兵。

「政府沒有組織搜山嗎？」我問道。

「搜過。但白毛山鬼會施弄妖術。你看那裡——」

我順著山民所指的方向望去，只見一道山壁刀削似地峙立在那兒，倒塌的崖石在萬丈深淵下堆成一個山包。山包上經年歷月，長出了鬱鬱蔥蔥的植被。

「搜山搜到那兒的時候，白毛山鬼發出一聲怪叫，洪水一下沖垮了那道山崖，死了不少人哩。」山民在敘述過程中，臉上始終瀰漫了一種恐怖的神情。

他說完後便一頭鑽進了一條羊腸小徑，以後我再怎麼問他，也無濟於事。他板著臉，似乎甚怕說出什麼不恭的話得罪了山鬼而遭不測。

這個流傳山區幾十年的傳說一直縈迴在我的心頭。幾天後我離開山區轉道一個縣城，借宿在一家水果店裡，意外地找到了那條飄忽的歷史線索。水果店老闆曾在那個乾癟老頭的手下混過飯吃，他說，他和許多人都不明白，當國軍的官僚們在解放軍的隆隆砲聲逼近之際，紛紛攜帶家眷和財寶逃往台灣，而那個黃埔二期畢業的將級軍官卻置一切危險於不顧，偷偷潛回了他的故鄉。

「要是他活到現在肯定是大陸的統戰對象。他的身上還留著日本人的彈片哩。」水果店老闆不無遺憾地說。

23

漢子先將包裹提上火車，然後又一手抱著一個孩子送婦人進入車廂。汽笛拉響，漢子跳下火車，站在月台上揮手與婦人告別。

列車隆隆駛走。幾小時後，火車停靠在一個臨近江邊的小縣城。播音員通過麥克風告訴乘客，因爲前方在打仗，火車無法再朝前開了，請乘客們下車轉乘一艘停泊江邊的輪船。

婦人攜帶包裹孩子隨著惶恐不安的人流登上了那艘江輪。

天亮的時候，江輪靠岸。婦人和她的孩子們走下甲板，徐徐的江風颳來淅瀝的雨絲，飄落在她們的臉龐上。這時候，孩子們看到了煙雨迷濛中那條由西向東滔滔奔湧的大江，他們欣喜得拍起了小小的手掌。

婦人的臉上毫無欣喜神色。她知道，從這兒到他們逃亡的終點——那座此刻被江霧所籠罩的城市還十分遙遠。在這兵荒馬亂的年月裡，到哪兒去找車馬。況且因爲是倉促逃離，婦人身上所帶的銀元也極其有限。

人群漸漸散失，雨愈下愈大。婦人和她的孩子們蜷縮在岸邊一個竹棚下，望著水天一色的江面發愁。孩子們又冷又餓，他們緊挨在一起的幼小身軀索索打抖。咆哮的江水翻滾不息，寒風一陣陣襲來，無情的大雨傾瀉在竹棚頂上，發出劈劈叭叭的聲響。

等待。長久的等待。

一小時後，朦朧的江面上出現了一葉小舟。對婦人和她的孩子們來說，這隻小船無疑是命運之神派來的諾亞方舟。

婦人發狂似地衝出竹棚，跑向大雨滂沱的岸邊，聚集起全身心的希望和力量，朝著那隻漂浮在浪谷間的小船呼喊：「大哥——，大哥——」

婦人聲嘶力竭的呼救聲很快被江風颳走，只留下極其渺茫的一點點餘音在蒼蒼茫茫的天地間游絲般地遠去。江風和雨水吞沒了她的身影，她的眼睛模糊了，雨水和淚水交織著，阻斷了她的視線。

她眼睜睜地看著那隻小船順流而下。

她絕望地走回竹棚。在她沮喪的目光回望江面的一瞬間，她被一種始料未及的驚喜場面重新點燃了心頭的希望之火：那隻小船在幾百米遠的地方徐徐攏岸。

婦人再度跑向那隻小船。她在跑向它的時候，內心完全被一種巨大的欣喜和興奮所籠罩，她怎麼可能知道，那個身披蓑衣的男人將一葉希望的扁舟搖向她和她的兒女們的同時，也將厄運和災難帶到了她們的身邊。

就這樣，我的身披蓑衣的父親用他那強壯的手臂搖著櫓，將我的母親和她的兒女們在風雨飄搖的年月裡載向我們這座城市，載向我們這個故事。

多少年來，我一次次地看到：鉛灰色的天幕上，我的父親駕馭著一隻小船，穿破如織的雨霧，從滔滔的濁浪翻滾的遼闊江面上，從我母親漂泊的逃亡史裡，朝我駛來。

我不知道我該爲此感到慶幸還是悲哀。

眞的，我不知道。

24

鏡子裡呈現出一張陌生的臉：圓圓的臉龐，濃濃的眉毛，毫無特點的眼眶裡，兩顆黑眸鑲嵌中央，既呆板又無光彩。隆起的鼻子的形狀以及嘴唇與下頦所構成的線條都讓人瞧著不舒服。

所有見過這張臉的人都說它是如何如何的英俊，如何如何的漂亮。當別人這樣恭維我的時候，心裡禁不住也暗暗有些得意，兩片酡紅浮上臉頰的同時，除了羞澀還蘊含一種喜孜孜的感覺。可當一個人獨自面對這張臉，曾經遊動心間的一絲驕傲幾分得意，剎那間跑得無影無蹤。

我沮喪極了。它是屬於我的嗎？這張令人乏味的臉。

現在，我開始用手撫擼頭髮。額際那簇天生有些鬈曲的黑髮，無論擼向左邊，還是擼向右邊都不服貼。試了幾次以後，我想，我的頭髮是完了。它們怎麼也不會順順當當侍奉我的腦袋，像那些善於修飾自己的漂亮小夥子一樣，爲我的臉增添光彩。我煩躁起來，血液直往腦門上湧，我狠狠地胡亂地將這張臉抹了一下，鏡子裡的它頓時變得凌亂不堪：頭髮披掛下來，眉毛一根根豎起，那道少年時期留下的傷疤如同蠶蛾般顯露出來。我的腿肚子突然抽搐起來，心彷彿被什麼蟲子螫了一口隱隱作痛。我迅疾地將眉毛撫平撫順，遮蓋住那道疤痕。

等我稍稍平靜下來，以一種局外人的目光審視鏡子裡面的那張臉，我看到了它原先光潔潤滑的皮膚上長出了一顆顆飽滿的青春期紅豆。它們好像在一夜間紛紛從皮囊裡往外鼓暴，散布於各個部位。要說胸脯的脹痛，腋毛的生長還純屬我的祕密，那麼這些討厭的青春期贅物卻在世人的目光中暴露無遺。它們像針刺繡花一樣雕刻在我的臉上，且像莊稼地裡的蒿草一樣層出不窮。姊幾次告誡我，別去掐弄臉上那些紅色贅物，但我一個人的時候忍不住還會偷偷擠壓那些豆豆的根部，直到弄出血為止。

我在抽屜裡尋找梳子的時候，聽到了門外傳來了一陣嘁嘁喳喳的喧鬧聲。我回轉身，看到鄰居家的門口，一群孩子擁擠著朝門洞裡張望。

我想起昨天是鄰居家的大兒子結婚的日子。劈劈啪啪的爆竹聲中，頭上沾滿彩色紙屑的新郎新娘款款走進小街的那會兒，我的心在慢慢沉落。我的嘴角歪向一側，露出一絲不易察覺的鄙夷的冷笑。就這般模樣的一個女人，我要和她廝守一輩子？想到要和某一個女人（這個女人此刻在我的心目中是那樣的模糊和渺茫）永遠地在一起，我不由得渾身一激凌，一股絕望和恐怖的情緒猶如洶湧的潮水頃刻間吞沒了我的全身，我再一次體味到了童年時代墜落綠色湖底的感覺。

隨著時間的推移，年齡的增長，我漸漸發現這個城市裡有許多讓人過目不忘的漂亮女孩，她們像春季雨後的蓓蕾，頻頻在我多情而憂鬱的目光裡綻放。當我走在街上，與那些充滿生命活力充滿青春氣息的妙齡姑娘匆匆一瞥的剎那間，我即刻會暈暈乎乎，彷彿時間和空間都凝固了。隨後便是無邊無際的惆悵，無邊無際的傷感。我覺得，與那些隨時會出現在我視野中的漂亮女孩相比，曾經讓我暗地裡那樣迷戀的橘子根本就算不上什麼了。我甚至覺得自己會對小學時期一個普普通通的女孩懷有那種說不清道不明的感情而感到可笑。倘若讓我來安排，我會設計出怎樣一幅情感世界的浪漫圖畫呢？我絕不願像一隻小公雞那樣，高昂蠢笨的頸脖，發出單調的咯咯聲，護衛牠身邊的母雞；我應該是一隻自由飛翔的鵬鳥，借助優雅美妙的鳴囀，在世上所有的濃蔭遮蔽的樹枝間迴旋逗留。如果有什麼令我為之朝思暮想的幸福嚮往，那就是像賈寶玉一樣地活著。那個整日裡拈花惹草的情種，有如此眾多的女孩簇擁著他，服侍著他，即使早早地仙逝，化作一縷輕煙，一塊頑石，也毫無惋惜和遺憾可言了。

誰給了我這些花裡胡哨的念頭？

誰唆使我駕馭奇思異想的駿馬，馳騁春天的曠野，作無拘無束、幼稚可笑的夢遊？我的殘缺不全的生命史中，甚至沒有一個男人可以為我提供產生這些想法的依據。而它們——我指的是那些玄思冥想，卻瓜熟蒂落般地深深植入了我的體內。也許真的能在我的童年敵人指著我高高的鼻梁、鬈鬈的頭髮，拋給我一串「野種」的辱罵聲中，聽到我那不安分的血液裡汩汩流淌的浮躁聲音。

於是，我梳理好頭髮，整了整軍裝衣領，擦亮舅舅送給我的那雙舊皮鞋，提溜起書包，懷著一團溫情，走出小院，走向一段新的生命旅程。

25

這所中學位於一條弄堂的深處。因爲場地窄小，很多人都三五成群地站在校門口，等待開學的第一聲鈴響。

我從人群裡走進，低著腦袋，佝僂著背，目光所能看到的都是些肥大的草綠色褲腿和塑膠底鬆緊鞋。我雖說上身有一件綠軍衣，但褲子卻是淡藍色的，膝蓋處已洗得發白。我也沒有鬆緊鞋。我曾向母親提出過希望能買條綠軍褲和買雙鬆緊鞋，母親是連連搖頭，說那穿在身上有什麼好看？我不吭聲了。心裡極不愉快，也就是藏在心裡。能對母親說什麼呢？說那是最流行最漂亮的一種打扮？母親懂嗎？我覺得，母親愈來愈不懂我的事情了。

我走入校門口，斜刺裡閃出一個人來，一把揪住我的衣服，冷冷的怪嗥聲聽了讓人毛骨悚然。我猛地抬起頭，不由得暗暗叫苦，眼睛頓時迷糊起來，腦袋嗡嗡作響，身體隨之微微搖晃。那猙獰可怖的面容不分明就是過山風嗎？

我痛苦地閉上了眼睛。我想既然命中注定自己難逃過山風這頭惡狼的追蹤，也只好認了，準備著皮開肉綻鮮血淋漓齒印遍體傷痕累累吧。

我等了很久。那利齒噬啃脆骨的咯咯聲和尖爪扒拉皮肉的嘶嘶聲彷彿快要走近了而又離去了。被噬咬被扒拉被玩忽於股掌之間並不輕易置於死地的疼痛感和恥辱感終究沒有發生。這是怎麼回事？莫非這頭闖蕩都市的惡狼已經吃飽了？我慢慢睜開了眼睛。

過山風朝我霎霎眼睛。與此同時，我的眼皮撲撲地跳個不停。

「老朋友，不認識了？」過山風拍了拍我的肩膀。說完，他笑嘻嘻若無其事地走掉了。

我依稀記起，就是這頭過山風曾襲擊過我的過去，而後又被老師從記憶裡趕走，怎麼忽然間成了老朋友了呢。

我一個人站在過道裡怔怔地發愣。經受了剛才的虛驚，出門時的好心情遭到了破壞。過山風的出現，讓我的思緒在一瞬間回到了過去。掃興。原來我把今天的日子想像成一種希望，它與昨天的日子毫無聯繫。現在似乎收到了不知是誰提供的某種暗示，告訴我歲月的流水並未斬斷。

我走上教學大樓的台階。

台階的兩側被一群女孩占領著。她們嘻嘻哈哈，大膽地審視評論每個走進校門來的男生。站得最高最爲引人注目的三、四個女生勾肩搭背，精心修飾過的頭髮上紮著彩色緞帶，在陽光中熠熠閃爍。隨著那些發育良好的身體的晃動，彩色緞帶跳跳躍躍，模糊了眼前的景物。一片混沌之中，一條草綠色的緞帶飄飛而來。隱隱地，我覺得眼睛有一種被刺痛的感覺。

我的目光從草綠色的緞帶上面緩緩下移，終於明白是什麼東西刺痛了我。

那是一雙眼睛。一雙圓圓的杏仁般的眼睛。

日後很長一段時間裡，每當我想起這雙眼睛，就會聯想起魚缸裡那些游弋的金魚。是這雙眼睛像那些金魚眼睛呢，還是這雙眼睛就像那些金魚，我一直未能理出個頭緒來。

此刻，這雙眼睛直勾勾地凝視著我。

眼睛裡有一對黑黑的眸，黑眸一動不動。

不理會灼痛感，把眼睛迎上去，這對我來說是多麼艱難的一件事情。我鼓足全部的勇氣，才完成了短短的一瞬間的對視過程。

這是眼睛與眼睛的較量。

我想，沒有比這更有意味更加精采的較量了。它不需要武器和蠻力，但它卻比任何一種角鬥更需要意志和堅持。它容不得半絲的遊移，容不得須臾的閃失，稍一走神，即刻敗下陣來。

你看，僅僅是霎時間的缺乏自信，我便敗得一塌糊塗：雙頰緋紅，目光旁落，蜷縮起腦袋，疾步遁入教學大樓之門。

雀躍般的一陣哄笑。那些女生一個個前俯後仰，你推我搡。

只有她還站在那兒發愣。圓圓的金魚眼睛一動不動，兩顆黑眸像黏在瓷人身上的假珠。她興許還沉浸於剛才的較量之中；她興許未能想到勝得如此輕易，僅僅一個回合，對手便鳴金收兵，落荒而逃。

她覺得太不過癮了。

「你們看，石榴得相思病了！」一個身材頎長面容姣好的女生一邊大聲嚷著，一邊將那個被叫做石榴的女生推下了台階。

又是一陣哄笑。

被推下台階的石榴猛醒過來，她回轉身，像頭母虎，勇猛地撲向戲弄她的那個女生。

我登上樓梯拐角處的時候，恰好能望到身穿翻領運動衣、頭紮綠色緞帶的石榴擒住另一個女生的胳膊，使勁胳肢她的景象。我不敢留戀這幅畫面，只匆匆瞥了一眼，便從樓梯拐角那兒消失了。

我從石榴的視線裡消失了。石榴暫時征服了那個身材頎長的女生，抬起臉龐，她僅僅來得及用眼波捕捉到了那轉瞬即逝的晃動身影。目光所及唯留下一團模糊的遺憾。

我登上最後一步樓梯，看到走廊裡聚滿了人。教室的門口，一邊是男生，另一邊全是女生。這時，上課的鈴聲響了。靠近門口的男生或女生探頭探腦的，誰都不願意首先跨進教室去。女生堆裡的幾個領頭的低聲嘀咕了一陣，一個瘦瘦的女同學奮勇走入了教室，但後面的女生並未跟著進入，而是送去一片哄笑聲。那個瘦瘦的女同學發覺上當後，倉促逃出教室，臉色緋紅地追打著跟在她後面的女生。

男生這一堆裡也演了同樣的活劇。一個排頭的男同學被人突然推進教室，回過身來他揚手便給了那個推他的人的臉上當面一拳。於是，兩個人扭作一團，在地上翻滾起來。旁邊的男同學見狀一個個都朝他們身上倒去，像疊羅漢似地疊成了一個人體山包。

「老師來了！」

隨著一聲呼叫，走廊盡頭出現一個胖胖的戴眼鏡的女人。她高昂著頭，像頭企鵝似地慢慢地一搖一擺走過來。

男同學紛紛站起，不知誰說了聲「一、二、三」，男女同學一齊湧進了教室。那兩個打架的男同學還撕扭著互相拽著衣領，戴眼鏡的胖女人從他們身邊走過，下巴頦抬得很高，像沒有看見似地一搖一擺地走進教室。

我找了個座位坐下之後，看到了一張熟悉的臉。那是蘋果。我小學時期的同桌。她的臉變得又紅又圓，剪了一頭短髮，文靜地坐在那兒。

我皺了皺眉頭。希望所有的人都不認識我，希望逃避一切熟悉的東西的企望，隨著過山風和蘋果的出現，成了泡影。

我難道就無法甩掉跟蹤記憶的魔影嗎？

我難道就無法甩掉蘋果嗎？

我用仇視的眼光看著蘋果。蘋果察覺有人在注視她，轉過臉朝我淡淡一笑，隨即又恢復了原先的姿勢。

胖老師開始講話了。胖老師講話時氣喘吁吁，聲音很輕很低。這時我才注意到，胖老師之所以把頭昂得很高，是因爲她的頸脖裡長了太多的肉，她只有將下巴頦高高抬起，才能保證呼吸道的暢通。

胖老師講了一節課，我一句都沒聽進。我始終盯著胖老師下巴頦那坨蠕動的肉塊。

26

胖老師手裡捏著一疊表格，身軀倚靠講台一角，她的背後以及她抬得很高望得很遠的目光底下，同學們魚貫湧出教室。

我緊跟在一個同學的身後往外走去。

經過講台的時候，我盡可能靠近胖老師肥碩的身軀，以免胖老師的目光掃射到自己。我以爲選擇了一個死角，好像兩軍對峙時，靠近火力點反倒安全。

胖老師的手裡拿著的是一疊申請加入紅衛兵的表格。她在下課之前已經把申請人所需要符合的條件說得清清楚楚。我之所以要繞過那些表格，一方面是潛意識裡厭惡它們，另一方面覺得胖老師談到的那些條件很抽象很渺遠，無論如何也沒法將它們與自己聯繫起來。

沒想到，在我以爲已經安全通過危險地帶的時候，一隻肉鼓鼓的手搭在了我的肩上。

我心裡不由得暗暗叫苦。我又被認出來了。從幾十個往外湧去的同學當中。我的沉默和躲避，無法像海灘上的黃沙，將我的面容和身體掩埋起來。

我回過頭來，看到那隻停留肩上的肥手背上有著不少坑。那隻手的主人並不看我，她正與一個坐在後排的名叫香梨的女同學作著長距離的交談。

那隻肥碩的手往下摁我的肩膀。我不得不在一張椅子上坐下。

香梨咿哩哇啦地說著什麼，她似乎在爲某件事和胖老師爭辯著。但從香梨和胖老師的臉上，都看不到一絲一毫的怒氣。香梨是嬉笑著大聲嚷嚷，眼睛一亮一閃；胖老師呢，眼角的魚尾紋裡蓄滿一種憐愛，嘴裡卻低低地反駁著香梨的叫嚷。

我目睹著這場打情罵俏似的爭辯。覺得很好笑。從開學的第一天起大家便發覺胖老師非常喜歡香梨，而香梨也明知這一點，搔首弄姿，愈發的口齒伶俐。香梨用非常清脆的嗓音朗讀新學期的決心書，她把很多成語貼切地嵌入到她的朗讀之中，惹得胖老師的眼鏡片上不停地有亮晶晶的光點閃爍。

應該說，香梨長得還算標致：白淨的臉上時常浮著腮暈，額際時常斜掛一綹劉海，劉海下兩條眉毛淡淡的黃黃的，眼角高高吊起，話脫脫像一對貓眼。但不知怎麼的，我瞧著她就是不舒服。那不是因爲一些知道底細的人，在口角當中有意無意抖落出香梨家曾經拾荒的貧賤背景，也不是因爲校園裡一度傳出香梨十二歲時爲了獲得幾毛錢，聽憑一個六旬老頭狎昵的流言。

我從心底裡煩她是因爲別的。

那天胖老師請幾個同學分發作業本，當然胖老師首先叫到的便是香梨。香梨坐在位子上吱吱唔唔就是不站起來。胖老師走到她面前，笑微微地看著她，香梨也看著胖老師，那眼光帶著幾分嬌嗔幾分怨艾。全班同學就這麼等著。誰也不知道香梨爲什麼要磨磨蹭蹭拖延時間，誰也不知道胖老師爲什麼偏喜歡叫香梨來發作業本。

發到我的時候，香梨沒有像對其他同學那樣將本子直接放在桌上，她遠遠地捧著一疊作業本，朝我努努嘴，輕輕哼出一聲「喏」。

我慢慢揚起臉，看到香梨打量自己的眼光裡一有種奇怪的東西。她的眼光好像充滿了敵意，而那敵意又分明含有一種挑逗的意味。她的小嘴緊緊抿著，歪向一側，這使得她那張瓜子臉的形狀變得有些古怪。

香梨的小手指輕輕一彈，寫有我名字的作業本飛了出去。作業本在半空中優美地翱翔，最後啪的一聲墜落地上。

我一動不動。冷冷地把目光伸向窗外。

「你不要得寸進尺啊。」香梨低聲說。

過一會兒，香梨見我依然一動不動，只得彎下身子撿起練習本，然後狠狠地摔在桌上。這時她又重複了一句「你不要得寸進尺啊」，這次她把嗓音抬得很高，把口齒咬得很清楚，把尾音拖得很長，「得寸進尺」環繞教室四壁作長長的迴旋：一圈、兩圈、三圈……

我懷疑，如果有可能，在那一瞬間裡，香梨肯定願意全校的師生都聽到她那悅耳脆亮的念白：你、不、要、得、寸、進、尺、啊……

全班同學一齊把目光掃了過來。

這個人爲什麼要這樣對待自己？我苦苦思索。

胖老師一搖一擺從過道向後排走來。她走到香梨的身邊，肥碩的手撫慰著香梨的肩頭，像撫慰一個傷口似的，嘴裡輕輕咕噥道：「沒什麼事，沒什麼事。」

我的臉頰因爲那一聲清脆的嚷叫，因爲憤怒而憋紅了。我覺得小腿抽搐般地抖動，我竭力控制自己的情緒，把目光轉射在窗玻璃上。若隱若現的影像始終凸顯一個場面：一個男同學指著香梨的鼻子，帶侮辱性的言語毫不留情地奚落香梨一家偷竊工廠銅絲轉手賣給販子的行徑。可憐的香梨像只洩了氣的皮球，再也發不出清脆悅耳的聲音，她企圖用哀求的媚笑來打動對方，低低地說著什麼，小嘴飛快翻動，眼睛警惕地靈活地掃視四周……

乖巧的香梨與伶牙俐齒的香梨，高聲哭叫的香梨與低低哀求的香梨同時疊化在窗玻璃上。我不知道應該憐憫她同情她，還是應該憎恨她詛咒她。

這一次我沒有發作。誰料這樣一來事情更糟。香梨好像處處要和我過不去，上課下課香梨見了我目光更加尖刻，它們死死地纏住我，彷彿要將我擊垮擊碎似的。香梨皺著眉，抿著嘴，尖尖的下巴頦兒高高抬起，充滿了對我的敵視和輕蔑情緒。而在那惡毒的目光背後，我又恍恍惚惚感到一種說不清道不明的東西。

那是什麼東西呢？

胖老師與香梨結束了她們冗長的對話。胖老師說：「第一期黑板報就交給你們三個了。」說完後她就夾著點名冊蹣跚地步出教室。

我回頭看了看，教室裡空空蕩蕩的，除了香梨，還有另外一個男同學熊貓坐在那兒。三個人靜靜地坐了很久。下午西斜的陽光照進教室，將窗框的線條變形塗抹在桌椅上。操場上傳來體育老師的吆喝聲，學校女子籃球隊開始了每天的訓練。身穿蘋果綠運動服的隊員們身影矯健嫵媚，一個個飛快跑動投籃。她們的頭髮以及寬敞的運動衣隨之飄拂起來，像一團團綠色的火焰。

我正愣愣地出神，一顆粉筆頭猶如子彈橫掠過我的眼前，擾亂我的視線之後又如同流星一般滑落牆角。

我回過頭去。香梨正狠狠地瞪著我。

「你們說話呀，該怎麼辦。」香梨說。

我思忖片刻，也不搭理香梨，一個人逕自走到教室後面的那塊黑板前，拿起粉筆開始設計報頭圖案。

一會兒，熊貓也走了過來。他朝我霎了霎眼睛，在黑板的另一頭塗寫起來。

27

下樓梯時有人截住了我。是體育老師。

我隨同其他幾個男同學，被體育老師帶到操場籃球架下。籃球隊的女同學散落地站在三米線附近。我看到一個身材頎長面容姣好的女生湊近旁邊另外一個人的耳畔，悄悄地嘀咕著什麼。高個女生蠕動的唇上長著一層細細的淡色茸毛，這使我猛然想起開學第一天的情景。我記得，就是眼前這個女生，出賣了那個名叫石榴的夥伴。她們撕扭在一起的畫面頓時又浮現眼前。

「你到哪裡去了？」

體育老師的喝斥聲猛然打斷了我的走神。很快，隨著一抹晃動的綠色從教學樓的台階上飄忽而來，我感到雙眼猶如被灼傷般的刺痛。與此同時，高個女生漂亮的眼睛耀動著一種異樣的光芒，她又一次和邊上的人竊竊私語。

「我走開一會兒都不行嗎？」飄過來的綠色反詰道。

我看到了身穿1號綠球衣的石榴。她一邊用手帕擦拭水淋淋的手，一邊委屈地朝體育老師高聲嚷嚷，那雙金魚眼睛卻直勾勾地看著我。

「走開也不說一聲。無紀律。」體育老師繼續埋怨道。

「上廁所尿尿也要說嗎？」石榴賭氣地問道。

女生們一陣哄笑。

體育老師似乎有點尷尬。他無奈地揮揮手，示意石榴趕快走入操場中央。

石榴並不因爲體育老師的嚴厲而有些微的怯懼，她依然慢吞吞走進操場，邊走邊用金魚眼睛盯視我。

體育老師先讓我們幾個男同學組成一個三角防線，然後將手中的籃球用力拋給石榴，讓她率隊組織進攻。石榴根據體育老師口授的旨意，將球傳給高個女生，自己迂迴插入底角右側，高個女生帶球突入籃下，幾個男同學合力堵封，她忽地側身把球傳給底線策應過來的石榴，石榴接球後急停跳投，刷一下，球應聲入網。

體育老師對這個球進行了簡單的評析，接著吹了一下哨子，示意繼續操練。

第二個回合是另外一個女生發球，石榴與高個女生交叉跑位，球最終落在石榴的手中，她運球跑一個弧線，恰巧站在左側防守的正是我，我不顧一切地突上去，張開雙臂像一隻兀鷹。石榴大概沒見過如此唐突蠻橫的防守，面對我咄咄逼人的目光，她禁不住垂下了眼簾，手臂慌亂一揚，球便漫無目標地飛了出去，它越過高高的籃板，一直往教學樓前面的花壇那兒飛去。這個球既不像投籃，又不像是傳球。同伴們都被石榴大失水準的這一舉動搞得目瞪口呆，一個個杵在操場上面面相覷。

「你是怎麼搞的？」半晌，體育老師才緩過神來，大聲喝斥道。

石榴的眼瞼是那樣的黏稠，那樣的沉重。這是怎麼回事？連她自己都不明白，在那一瞬間，她的腦屏上竟會一片空白，圓圓的皮球似乎具有某種靈性，她怎麼也無法控制它，使喚它，鬼使神差地，它固執地朝遠處飛去。

我怔怔地站著。隱隱覺得自己或許應該對已經出現的局面負責。

高個女生微笑著。她靈秀的眼睛裡泛著幾絲狡黠的波光。

我是怎麼會走進籃球場的？

我是怎樣一步步走進那個沸沸揚揚的流言當中去的？

我覺得，籃球場如同一座陷阱，它遠遠地埋伏在我通向青年時代的道路上。它等候已久。

那時候，我能夠繞過籃球場而去另外的地方嗎？

先來看看我就讀的那所中學。那時候沒有考試制度，全部按地段劃分，一個學校所接納的學生基本來自相同的地區。我所生長其間的這個地區位於城市的最西端。它的後側是一大片前身爲滾地龍的棚戶區。半個世紀前，二姨媽跑遍了這座城市的各個角落，最後選中在小街旁邊造屋，我猜想是因爲這塊原本是荒涼茅草地的地皮價錢比較便宜。二姨媽當時做出這樣的選擇也許沒有錯。她大部分的積蓄都是含辛茹苦勞累工作換來的。她選中這塊地皮的時候，當然不會想到日後她的妹妹也會逃奔這座城市，並需要她的接濟。

二姨媽決定向她妹妹伸出援助之手的那一年，適逢我父親春心蕩漾，向我母親提出了成婚的請求。所以，從某種意義上說，正是二姨媽的慷慨，才使得我父親與我母親有一個較爲體面的場所，藉以製造出我這麼個情種。

然而，二姨媽在爲一個漂泊之家提供庇護的同時，也無意識地讓她當年的失誤遺禍於我們這些後輩。我甚至懷疑，我們家庭的所有苦難，以及姊和二姊的人生悲劇都與我們的生長環境有關。

那時候，學校裡充滿了紛亂氣氛。常常上課上到一半，突然爆發波及面很廣的毆鬥。一些頭戴軍帽、身穿軍褲的學生都攜帶著暗器來校上課。誘發事端的導火線可以有很多。有時爲了爭奪一塊地區的霸主地位，有時爲了一個漂亮女生的歸屬問題，更多的則是分屬不同幫派的小嘍囉之間發生了一點雞毛蒜皮的摩擦，進而導致大規模兵團性的群架。不同的陣營僅僅在刀刃相見的過程中顯得涇渭分明，局外人看上去，有些人員的變動會很奇怪，很突兀。今天是頭破血流拚死相搏的對手，明天可能攜起手來共同對付新的敵人。

那時，我們班有一個留級生名叫鱷魚，自從某一天校長將他帶來交給胖老師之後，我們班再也沒有太平過。一個星期不到，他遭到我們班兩個出名的打架好手的圍攻，那場毆鬥的結果是鱷魚的腦袋上被砸開了兩個窟窿，鮮豔的血汩汩湧出，灑滿了教室四周的白牆。這場紛爭的起因，據說是鱷魚有一天遞了一張條子給我們班一個打扮得花枝招展的女生，而這個女生暗地裡卻被指定為豹子的「敲定」；豹子便是圍攻鱷魚的兩個打架好手中間的一個。所謂的「敲定」，照字面看，具有終身不變的含義。

事過幾日，鱷魚腦袋上的縫針尚未拆線，他已按捺不住了，他暗地裡用一條香菸買通了豹子的同夥。那天上課鈴聲剛響，鱷魚手捏一把黃沙從外面走進教室，他走到豹子的座位前，突然將那把黃沙朝豹子的臉上撒去，這期間，原先參預毒打鱷魚的那個男生從座位上躍起，一把抱住了豹子，將他的雙臂死死箍住，於是頭上還纏著沙布的鱷魚，也穩穩地在豹子的腦袋上敲開了幾個窟窿。

這起事端的全過程，都是坐在我旁邊的鱷魚自己親口告訴我的。

豹子被擺平之後，鱷魚便成了我們班的老大。豹子的女友也就成了鱷魚的「敲定」。鱷魚經常喋喋不休地向我炫耀那個花枝招展的女生與他打得火熱的內幕。他擁有了公開議論那個女生的權利，他是她的征服者。我至今還記得鱷魚涎著淫穢的笑臉，洋洋得意地向我披露他的隱私時的情形。他說那個女生的性子很急很猛，他說他能說出那個女生所有褻衣的顏色。

鱷魚若隱若現的敘述，一方面使我臉紅，使我渾身戰慄，另一方面啓蒙了隱藏在我內心深處的某種情智，激發起我的想像力，去作無邊無際的春夢般的遊歷。應該說，當時處於朦朧狀態而內心又浮躁不安的我，正是如飢似渴地牢記了鱷魚敘述中點點滴滴的重要細節，日後才有可能與一個又一個女孩交往，並慢慢走向一個成熟的男人。

在那些紛亂的年月裡，毆鬥並不僅僅局限於學校。每當夜幕降臨，小街的各個弄堂口三三兩兩站滿了手持三角鐵、匕首以及釘了鐵釘的拖把柄的中學生。一到夜晚，小街上的家家戶戶早早地閉門不出。聽憑雜遝的腳步聲和器械的撞擊聲回響滾動於小街的夜空下。兵團性的作戰好像永無休止。公安局抓了幾個爲首的，平靜一段日子，但過不了多久，各派選出了新的領袖，又重新開戰。

我的中學同窗基本上就是由這樣一些好鬥者組成。整整四年間，從開學至期末，這所中學的英語老師只教會學生默寫二十六個字母。物理課好一些，中學畢業時，大部分人明白了並聯電路和串聯電路有什麼不同。很多年以後，一次偶然的機會，我回到了我曾就讀的母校，她不幸已經變成了一座小學。面對一群小學生，我講了一通所謂的個人成長史。我不知道那幫小學生聽沒聽懂我的胡說八道，那個把我叫去的老師似乎很滿意，她讓一個女孩子給我送了一束鮮花。

我捧著鮮花走出教室，路過籃球場我停下來。我站在那兒像憑弔般的心情肅穆。我看見空蕩蕩的籃球場上奔跑著一個十幾歲的男孩，他跑向球架，跑向天空，格格的笑聲在操場四周迴盪。他最後一個騰躍，身體高高飛起，衣衫被風鼓動得猛烈抖顫，他一甩頭，瀟灑地將手中的籃球投入高懸的球網。這時，他凝固在半空中了，他的雙臂張開，他的生命似乎被一種神奇的力量展開，久久地懸浮在藍天下，像一只自由舒展的氣球，超越了嘈嘈雜雜的人間。後來，他開始緩緩活泛，緩緩下落，降停在塵煙瀰漫的操場上。他又一次起跑騰躍，又一次凝固，又一次降落。騰躍，降落，降落，騰躍，歲月無聲地漫進籃球場……

春天到來的時候，在我的一再要求下，母親替我買了一套球衣球褲。有了這套球衣球褲，我幾乎把青少年時代的大部分時間虛擲於籃球場。清晨，離上課還有兩個多小時，我便早早來到學校打球；晚上，我又是最後一個離開學校。我如此迷戀籃球場，除了在那兒可以經常看到我所喜歡看到的女籃隊員，還有一個原因是我那時候幾乎沒有朋友。我曾和兔子邂逅過一次，他還是那麼的話多，發育過的嗓音又粗又啞，說話時大喉結上下跳動，我幾乎沒說什麼話便離開了兔子，我不喜歡大喉結的男人。

鱷魚來到我班後，情況發生了變化。很奇怪，鱷魚有事沒事喜歡來找我。我一直沒有想通，鱷魚爲什麼把我當作他的同道。我不會打架，當不了他的幫手，也幫不了他如何的忙。一次，他熱情地邀我去他家做客。在他的斜屋頂房間裡，他掏出兩支菸，把其中的一支遞給我。我恐懼地搖搖頭。鱷魚滿不在乎地嘿了一聲，他發黃的手指夾著菸伸到我的眼睛底下，而後說是朋友就抽一支。

我從鱷魚手中接過香菸。我的手指抖抖索索。香菸銜進嘴裡，鱷魚劃亮火柴給我點著。我戰戰兢兢地吸了一口，頓時覺得煙霧順著氣管往胸腔內突進，然後圍繞著五臟六肺作久久的盤桓。吸了我平生的第一口菸，我的腦袋開始暈暈乎乎，我的身子變輕在繚繞的煙霧中上升，我的心變得像鉛塊一樣沉重不斷地下墜。你變壞了，你變成一個臭流氓了，我在心裡暗暗咒罵自己。

鱷魚似乎並不理會我的矜持和猶疑，他自顧自點了一支菸，夾在兩指間，深深地吸，又深深地吐，像有無窮的享受與回味。他開始詳細地述說他是怎樣把我班那個花枝招展的女孩第一次帶進這間小屋來的，他是怎樣解開她衣服的鈕扣，怎樣褪下她的褲子，隨後又怎樣把手覆在她的胸脯上，捏住她的乳頭輕輕轉動，他的手在她身體上下遊動摸索，她發出快意的呻吟和浪笑，最後他怎樣果斷地將她按倒在床上，她貪婪而飢渴地一把抱住了他……

手指上的抖動帶動了全身，我爲了掩飾自己的焦灼不安，拚命吸菸，以至於大聲地嗆了起來。鱷魚眉飛色舞的述說被我的咳嗆聲打斷，他奇怪地看著我。我既害怕他繼續往下述說，又非常渴望他述說下去，這種矛盾的心緒折磨著我，使得我如坐針氈。

幾天後，當我手持一張表格，面對胖老師，面對香梨，面對熊貓和其他一些同學，鱷魚那張被煙霧縈繞的淫笑著的臉龐突然出現在我的眼前，於是，我再一次體驗到了身體往上升，心往下沉的感覺。

我班第一個加入紅衛兵的是香梨。胖老師鼓動我與熊貓加入紅衛兵的時候，我班只有香梨一個是組織裡的人，所以香梨便成了我和熊貓的介紹人。

熊貓先念申請書，他念不了幾句，鱷魚的臉在門上的小窗裡閃了一下，我看到他朝我招了招手。我心想壞了，鱷魚又要問我借錢了。自從在鱷魚家抽了第一支菸後，他常常暗地裡和我一起抽菸。菸抽完了，鱷魚會很慷慨地掏錢去買。他沒錢了，就向我借，我當然不會要他還。借了一次以後，鱷魚知道我講義氣，也不會拒絕他的要求，就常常向我開口。我把所有的零用錢借完了，不得已只好去拿姊存在錢罐裡的錢。錢罐裡的錢滿了，我便悄悄倒出一些，再滿再倒出一些，儲錢罐成了一只無底洞，姊永遠無法填滿它。發展到後來，我也從母親和姊隨意放置的皮夾子裡拿錢。有一天母親和姊都將她們的皮夾子保管得很好，錢罐已經明顯地淺下去，不能再往外倒了，而鱷魚的菸癮上來了，急得團團轉，我不忍心看著我唯一的朋友愁眉苦臉，咬咬牙悄悄地把家裡那只銅製的汽爐偷出去賣了。賣掉銅爐的錢使得我與鱷魚闊綽了整整兩個星期。

熊貓念完申請書便輪到我了。我正擔憂著怎樣替鱷魚搞到菸錢，胖老師叫喚我的名字，我猛然一愣，突兀地站了起來，惹得大家哈哈大笑。我開始念申請書，我竭力想抹去鱷魚那張隱埋於煙霧中的淫笑的臉，我竭力想忘掉那天在鱷魚家裡所體驗到的感覺。我念完了，坐下，我不知道自己是怎麼念完申請書的。

胖老師剛欲開口說什麼，香梨舉手要求發言。

這一天學校方面有很多人來參加我和熊貓的審批會。我想，香梨在那天的表現一定給人們留下了深刻的印象。

香梨徵得胖老師同意後，站起來，用清脆悅耳得像玉珠落盤一般的聲音指出我念申請書過程中的疏忽，她說，我沒有念「家庭出身」這一欄。

全場靜寂。

我的臉刷白，轉而又變得通紅通紅。我的目光落在表格上，「家庭出身」那一欄是空白的。我沒有填寫那一欄。我不知道怎樣填寫。

後來，我猛地推開桌子，飛跑出了教室。

我感到自己像一隻鳥一樣飛了起來。我知道，我的病又要犯了。

一個人突然從天而降，奔過來抱住了我，使我終於沒能飛向天空。

是鱷魚。他指了指籃球場對我說，他已經和幾個女孩約好一起打籃球。我朝籃球場望去，看到石榴和高個女孩正欣喜地向我招手哩。

我沒有被紅衛兵組織吸收，像喪家之犬流落於籃球場。

第六章

我的臉上浮現出一絲勝利的微笑。慢慢繫上褲子的鈕扣，又慢慢走到洗手池前，籠頭滴滴嗒嗒掉落的水珠慢慢浸潤我的手背，手腕，手心，手指。水珠滴落指尖引起一陣發麻的感覺，這種感覺沿著臂腕流進身體。我注視著自己的雙手，發現這雙手有些微微發抖。

28

江鷗遠遠地盤旋。粼粼的水面上，冒著煙的拖輪突突馳去，犁出一道扇形的波痕。鷗鳥聒噪著追逐漣漪的波紋，一次次朝下俯衝，將尖喙插入水中，叼起那些鮮活的魚蝦。

高大的船塢靜靜躺在岸邊。從江面飄過來的濃煙瀰漫了它的周身，使得它像雲籠霧罩的山峰一般忽隱忽現。船塢下，螻蟻似的人流湧動不息，幾輛裝卸車穿出人流，飛快地行駛著。

工會主席頭戴藤帽，手持一杆小旗，指揮工人們卸下一艘泊船上的貨物。他銜在嘴裡的哨子瞿瞿作響，催促手下的人加快步伐，迅速搬箱運物。那艘貨輪底艙漏水，如不很快卸下艙裡的貨物，一些重要物資就將浸泡水中。

沿岸的一條小道上，一個工人急匆匆趕來。他走到工會主席的身邊，低聲說了幾句。

「我不去，你告訴軍代表：我現在走不開。」工會主席聽完那個工人的話，揮揮手中的小旗，示意那個工人靠邊站。

那個工人欲語又止，訕訕地走了。

廠部辦公室。威嚴氣盛的軍代表倒剪雙手，在屋子裡來回踱步。辦公桌旁，坐著一個臉色委靡的中年男子。

軍代表的目光透過窗戶，看到門外的大路上一個工人孤零零走來，連忙迎到門口問道：「怎麼，他沒有來嗎？」

工人搖搖頭。他的目光與軍代表威懾力很強的目光對接後迅疾移開。

「看看，你派人去請都請不來，可想而知，我這個廠長平時是怎麼當的。算了，也不要選舉了，廠長就讓給他吧。」那個臉色委靡的男子陰陽怪氣地數落道。

軍代表的臉即刻陰沉下來。

「他覺得自己在工人中的威信高，不把我放在眼裡也就罷了，不把你軍代表當回事就太狂妄了……」男子繼續嘮叨不休。

「你他媽給我少說兩句好不好？」軍代表不耐煩地打斷了男子的話。他佇立窗前，豎得很高的濃眉下一雙英武的眼睛射出咄咄逼人的光芒。

傍晚時分，夕陽的餘暉塗抹在江面上。船廠深處傳來幾聲鐵錘敲擊硬物的叮噹聲。

工會主席身穿淡灰色的中山裝，夾在人流裡朝工廠門口湧去。一個工人擠過來，拽了拽工會主席的衣袖，然後朝遠處努努嘴。工會主席回轉身，看到一堆廢棄的鋼鐵雜物前面，背轉身站著軍代表。

工會主席思忖片刻，慢吞吞向軍代表走去。

「怎麼，請了你幾次都請不動啊？架子不小嘛。你看，我在這兒恭候很久了。」軍代表緩緩轉身，瞇縫起雙眼好像不認識似地上下打量工會主席。

「……我沒有這樣的意思，」工會主席顯得有些結巴，「只是……我覺得沒有什麼好談的，我已經說過，工人們選誰不選誰我作不了他們的主。」

「今天我不和你談選舉廠長的事，我想和你談談有關你的事，這也不行嗎——」軍代表抬高了嗓門，將那個「嗎」字拖得很長。

「有什麼事請明天再談，我家裡還等著我回去呢。」工會主席的目光投向遠處，固執地凝視著一棵樹葉飄零的楊柳。

「你居然可以這樣和我說話，你對你自己的事難道一點也不著急嗎？別忘了，你是有嚴重歷史問題的人。」軍代表冷冷地說。

「你……你是想以此來壓我？對不起，我現在沒工夫和你談。」工會主席一扭身，氣呼呼朝廠門口大步流星地走去。

軍代表冷冷地望著工會主席漸漸遠去的背影：

「哼！沒工夫，你會有工夫的。我倒要看看是雞蛋硬，還是石頭硬。」

29

「你到底有沒有問題啊？」

妻子用一種憂慼的目光審視著工會主席，彷彿要從他的臉上看出可以讓她放心的東西來。

「我能有什麼問題？」工會主席將一塊雞肉夾進妻子的碗裡，「吃吧吃吧，我要有什麼問題，解放那年也都向組織上交代清楚了。」

「不管怎麼說，你這樣對待軍代表，我總有些擔心。」

「好了好了，有時間我找他談一次還不行嗎？我對軍代表沒意見，主要是看不慣廠長，他在廠裡到處放風，說我要和他競爭下一任廠長。好了，你快吃吧，菜都要涼了。我去看看我們的寶貝兒子。」

工會主席離開桌子，走到搖籃旁。出生才兩個月的嬰兒躺著也不太平，手腳高舉，亂踢亂抓，一隻大腦袋左右搖晃，像撥浪鼓似的。工會主席被兒子的稚態逗得心花怒放，他俯下身子，將鬍子拉碴的臉頂在兒子柔軟的小肚子上，嬰兒極爲靈慧，他好像明白父親這一動作裡的全部含義，舞動手腳，迎合著父親的撫愛，嘴裡呀呀地還發出興奮的喊叫聲。

「你當心弄疼他。」妻子轉過臉，微笑著靜靜觀望起這一對配合默契的父子。他們的周身都浸泡於幸福和喜悅之中，他們是那樣的忘情，忘情於這個世界，忘情於她。她覺得自己被一種充滿誘惑力的巨大幸福擱置在一旁。

這個場景裡的妻子就是我的母親，工會主席即是我的父親。無疑，那個躺在搖籃裡的嬰兒是我。當強壯的父親手撐一葉扁舟，在雨幕籠罩的江邊接濟母親及她的子女時我還沒有來到人世。那些往事都是由母親轉述給我的。

「是的，當時我是有些妒嫉，」母親的眼中彷彿還浮現父子親暱的情景，「但我無論如何也不會想到，我的妒嫉是那樣短暫，那樣具有殺傷力。一星期後，厄運向我們這個組合不到一年半的家庭悄悄走來，軍代表在他的辦公室簽署了一份逮捕令，一小時後，警車帶走你的父親，很奇怪，那一刻我想起了我的妒嫉。我甚至隱隱約約覺得，我的妒嫉情感裡有某種詛咒的意味，我甚至覺得，我是一個像算命先生所說的剋夫的女人。」

我的母親用平淡的口吻輕輕說出的這些話使我震撼。老人撫了撫霜白的鬢髮，一張布滿皺紋的臉轉向窗外，她的眼神定定的，似乎望得很遠，又似乎什麼都沒看到。

「你不應該這樣想，母親，那時候政治形勢複雜，政府在懲治壞人的時候，很可能也錯抓錯殺了一些好人。」

「不，我說的與政治沒有關係。我說的是命。探監的時候我問過你父親，我問他爲什麼沒去找軍代表。他說他去找過，找了三天，平時軍代表一般都在廠裡很好找，而那三天偏偏沒了蹤影。一九七八年，一個女人找上門來，爲她丈夫的過失向我道歉。她丈夫臨死前曾與她談到了二十年前的一件事。我們在很偶然的談話中，無意地澄清了當年瀰漫你父親和我心頭的一團疑雲。警車帶走你父親的前四天，軍代表的妻子——也就是二十年後坐在我前面的這個女人——小產了。這才排除了軍代表那幾天故意迴避你父親的猜測。那麼是誰讓軍代表在那幾天裡喪失了他的兒子（抑或女兒），從而使他帶著一種陰鬱心情簽下那份逮捕令的呢？還有，法院最後判定的刑期也不過兩三年，倘若你父親熬過去了，挺到現在，也許事情都弄清楚了，可他偏偏熬不過，原先那樣結實的身體，在獄中竟然是大病一場接一場，我最後一次看到你父親的時候，眞的，我以爲是看到了一個鬼魂。他生的是什麼病，連獄醫都說不清。他們曾給他會診過，但什麼也沒能查出，後來就這樣莫名其妙地死了。你說這不是命又是什麼呢？」

面對老人飽經風霜的臉上浮現的迷惘神情，我不知該說什麼。我覺得我所能想出的寬慰老人的話都顯得那麼虛假，那麼無力。

根據母親的敘述，大致可以設計出幾十年前縈繞歲月浮塵的一個個模糊場景，我無法用今天的目光去甄別處於當時環境裡的人的行爲的正確與否，也無法完全濾清我母親在敘述和回憶往事中的傾向性，藉以判斷歷史事件的眞僞。對我來說，父親爲何被捕爲何而死並不重要，重要的是我尚未走出搖籃，父親便拋棄了我。

一個讓我無數次設想，塗改其臉部形象的男人，揮舞粗壯的臂膀，將我的生命之舟搖向了茫茫大海，而後這個男人突然地棄舟而去，任憑一葉扁舟漫無邊際地漂蕩海上。

這就是我心目中關於「父親」這個詞的含義。

30

體育老師接過我的學生證，將它插入一只小木盒的格子裡，然後把一只籃球從視窗遞給我。我捧著籃球沿著長長的走廊朝操場走去。走廊盡頭，門框所構出的夏日傍晚景色，經過夕陽的塗染，色澤濃郁凝重，猶如一幅塵封久遠而依舊豔麗的油畫。門框的左邊，被竹竿般長的身體遮擋了，黃昏餘暉無法直接湧入幽冥的走廊，於是便貼著臂彎婀婀上升，爬過瘦削的美人肩，汩汩流溢。漫漶身體四周的一層白光火焰般跳動，使得門框裡的景象影影綽綽，十分的虛幻。

「石榴問你去不去看電影？」

倚在門框上的人又問了一句。這次還伴著一陣嘿嘿的嬉笑聲。

我走過去，想看清那張灰暗的臉。似乎有一種忐忑的急切促使我加快腳步，我覺得，那是一張我渴望看到的臉。

頎長的身影還沒等我靠近，倏地從門框內消失了。流動的夕暉即刻像潮水決了堤似地撲向我。我暴露在一片溟濛之中，內心空落落，彷彿被掏走了什麼。

我走出門框，走進了夏日傍晚的風景。高個女生輕盈得像頭小鹿似地一跳一跳跑向籃球架下。我的視線被她所牽引，目光裡飄浮著長長的黑髮。

很快，我看到了一雙金魚眼睛。石榴站在籃球架下，她像等到審判似地等待著高個女生。高個女生飛快與石榴說著什麼。這時，石榴也發現了我。沐浴在夕陽餘暉中的我手捧一只籃球，孤零零地佇立在教學樓的台階上，如同一座雕像，既憂傷又落寞。她的嘴唇朝我蠕動了一下，隨後凝成一個微微開啓的形狀，像是探詢的問號。

我雖說沒有聽見石榴的話音，但分明已從她的神態裡體味到了其中的含義，心撲通撲通地跳個不停，腿肚子抑制不住地抖動起來。目光所及的景物都是那樣的如夢似幻，那樣的不眞實。漸漸地，血液湧上了腦袋，嗡的一下，我覺得世界爆炸了。

命運將我的青春期安排在一個滑稽尷尬的時代。

一方面是封閉，是隱約感到什麼之後的壓抑和逃避，像已經描述的那樣，我所在的那個班上的男女同學基本不相往來，上課鈴響過後，男同學和女同學分成兩撥，堵在門口推推搡搡，好像誰先踏進教室誰便踏入了伊甸園；而另一方面是騷動，是鱷魚喋喋不休的詳盡的關於怎樣玩弄女孩的猥褻敘說，是不斷地彌漫耳邊的誰是誰「敲定」的資訊刺激。所以，當我那樣明確地被一個女孩邀請去看電影，當私下裡不知嚮往過多少次的事情，突如其來地降臨頭上，我有點不知所措了。我既沒有搖頭也沒有點頭。我只是木然地遠望著操場上那兩個女孩。

也許在石榴看來，我的遲疑意味著默許。

這天我去還籃球準備回家的時候，高個女生突然從過道拐角處閃出，將一張電影票往我手裡一塞，隨後扭頭就跑。樓梯上傳來一陣雜遝的腳步聲，一群女同學嘰嘰喳喳地下樓來了，我趕緊把捏著電影票的那隻手伸進褲袋，手重新拿出時掌心濕漉漉的，沁出一層密密的汗珠。

從高個女生手裡接過電影票之後，我的心再也無法平靜。我像做賊似地密切注意著周圍人的反應。走在馬路上，只要有人看一眼，我即刻心虛地低下腦袋，漲紅臉悄悄地溜走了。

回到家，母親和姊正說著什麼，見我跨進家門，中斷了談話。我一聲不吭登上樓梯，躲進閣樓反鎖了房門，從口袋裡抖抖索索掏出那張電影票。

電影票已揉得皺巴巴汗津津的。回家的路上我一次次把手伸進口袋，既怕觸摸到它又怕遺失它。現在，我放心了，票子就放在面前的桌子上。我恐懼地盯著它，彷彿盯著一件凶器。同時它對我又充滿了誘惑，讓我焦躁不安興奮不已。鬧鐘滴答滴答地走動，電影開映時間是晚上八點，我坐立不安地等待著。

吃晚飯的時候，母親與姊不停地談論一個男人，母親總是提出問題，然後由姊姊回答。我後來才知道，她們在談論我未來的姊夫。姊已到了談婚論嫁的年齡，一個熱心的同事給姊介紹了對象。那時候，我沉湎於籃球場，無暇顧及這件對我家來說也許是很重要的事。

過道門發出了很大的聲響。門打開後，走出了二姨媽。姊立刻閉嘴不語了。自從那次因姊的同學而起的衝突之後，姊和二姨媽幾乎不怎麼說話。這天的二姨媽打扮過了，頭髮梳得整整齊齊，穿了一條棕色的紗製短旗袍，稍加修飾的二姨媽在夏晚的燈影裡顯得比她實際年齡要年輕得多。

二姨媽環視屋內，嘴裡囁嚅著，神色有些怪異。她往前跨了一步，這時我們看到她身後的灰屋子裡閃出了一個笑呵呵的男人。這個男人滿臉皺紋，頭髮卻染得烏黑。

我見過這個壯實的男人好幾次，他是針灸師，據他自己說，出身中醫世家的他，徒弟遍及海內外。針灸師隨身帶著一個小小的鋁盒子，裡面放著若干銀針，只要一有機會，針灸師就會拿出他的寶貝玩藝兒，主動熱情地要給別人扎針。針灸師是中國針灸的狂熱信徒，他對針灸的推崇到了無以復加的境地。他說神奇的針灸可以包治百病，他無數次妙手回春，將一些大人物從死亡線上拉了回來。

我領教過針灸師的技藝。那次我中耳炎發作，躺在床上痛苦呻吟。二姨媽把針灸師請來了。他拿出小盒子，在我腦袋上手臂上扎滿了銀針，使我變成了一隻大刺蝟。幾分鐘後，疼痛感似乎眞的減輕了，二姨媽見我停止了呻吟，臉上露出慈祥的微笑。而喜形於色的針灸師呢，則坐在邊上蹺腿抽菸，噴雲吐霧，那神情好像是說：怎麼樣，這下你該放心我了吧。但當針灸師拔走了那些銀針，沒過多久，我又開始了呻吟，呻吟聲還比以前大了許多。

把針灸師帶到二姨媽那間灰矮房來的人是三姨媽的兒子。三姨媽的兒子據說是針灸師的關門弟子。在我童年的記憶裡，能夠光顧二姨媽家的男人少而又少。而頻繁像不速之客突然出現在二姨媽面前的男人就是三姨媽的兒子。他能說會道，外號「天公神仙」，上至天文地理，下至雞毛蒜皮，幾乎沒有他不知道的。他一來，就手腳勤快地幫二姨媽幹這幹那的，嘴裡是二姨媽長二姨媽短，顯出百般的殷勤。但二姨媽似乎並不喜歡她的這個外甥，她像個出色的外交官，永遠是一副不冷不熱不卑不亢的表情。

遙遠的歲月裡，有一個場面是難忘的，那一天我正在玩耍，看見紅樓房前，二姨媽和「天公神仙」撕扭在一塊，二姨媽彎下身子，拚命捂住腰部的一串鑰匙；「天公神仙」則紅著臉，奮力要去搶奪那串鑰匙，嘴裡還不停地嘟噥著：讓我進去參觀一下不行麼，就看一眼不行麼。我覺得，那時候的二姨媽眞像寧死不屈的劉胡蘭，她擁有鋼鐵般的意志，就是不向「天公神仙」打開紅樓房那扇油漆光亮的木門。

「天公神仙」後來是急了，狗急了也會跳牆，他太沒面子了，尤其是當著我這個表弟的面，他臉上的青筋暴突，終於說出了憋在心裡很久的話：

「我走過三江六碼頭，吃過奉化芋艿頭，你以爲我沒事幹一次次往你這兒跑，給你做牛做馬？我忙著哩，事情多著哩，我來討好你，像兒子一樣地孝順你，是看你孤苦伶仃沒後代，兒子也不能看看自己的家嗎？」

二姨媽的表情一下凝固了，她捋了捋散亂的頭髮，一字一句地說出了以下的話：

「你以後儘管忙你的事情，我不用你來可憐。我就是躺在床上要死了，也不會認你做兒子的，你就死了這條心吧！」

二姨媽說完，凜然地走向了灰矮房。

二姨媽要「天公神仙」死心，他顯然是做不到，可是他和二姨媽已經鬧到這地步了，不得已他只能曲線救國，搬出他的師傅針灸師了。你不認我做兒子，給你介紹個老伴你總不會拒絕吧。針灸師就這樣來到了二姨媽的身邊。

「你們這麼早吃晚飯啦?」針灸師樂呵呵和我們寒暄，接著他抬腕看了看手錶，又自我否定地說，「哦，也不早了，夏天，天黑得晚。」

針灸師滿臉皺紋，但他抬腕的時候，我看到了他手臂上一大塊一大塊的肌肉。

「我呀，一直勸你姊生活要有規律，」針灸師對母親說，「按時吃飯，按時睡覺，還有，要增加營養，你姊是長期缺少營養呵，光吃玉米糊不行呵……」

針灸師還想往下說，母親朝他使使眼色，針灸師回過頭，看到虎著臉的二姨媽，連忙煞了車。

「好好，你們慢慢吃，我們不影響你們，走吧走吧。」針灸師邊說邊推搡著二姨媽。

「我的事情不要別人來管。」二姨媽氣咻咻地說。

「好好，不管不管，」針灸師像哄騙孩子似地把二姨媽推進灰矮房，關上了過道門。

那天晚上我的心思早已飛出了小院，匆匆扒拉了幾口飯，就離桌上了小閣樓，我在枕頭下面找到了那張電影票，長長地吁出一口氣。我沒把電影票帶在身上去吃飯，那樣我覺得不安全。

我小心翼翼地下樓，心裡胡編著出門的理由。這時我看到過道門又緩緩地打開了，走出來的是針灸師。他耷拉著腦袋，一副頹唐的神情，他搖著頭對母親說：

「沒辦法，我和你姊合不來。以後我不會再來了。」

說完，針灸師大步從我們家的小院走了出去。從那以後，我再沒見過針灸師。

31

天色漸漸暗下來。車站上站了不少人。幾個年紀很大的候車人啪嗒啪嗒把蒲扇搖得山響。一個穿裙子的漂亮女人站在昏黃的路燈下蹬著腿，驅趕吸附上來的蚊子。我遠遠地退縮在角落裡。

一輛電車駛過來停靠站牌，人群蜂擁而上，我猶疑地四處觀望，究竟是上還是不上，車門打開後車廂裡那麼多人會不會有認識自己的人。

車門快要關閉的剎那間，我像使出了吃奶的勁，嗖的一下朝前躥去，一隻手頂住合攏來的車門，身子鑽進了堵在踏板上的人群裡。一個身穿絲綢襯衣的男人警覺地回轉身，用臂肘推了推我，隨後摸摸他自己的口袋。我狠狠白了男人一眼，懷著一種莫大的恥辱感朝售票員座位那兒擠過去。

電車搖搖晃晃像個醉漢似地朝前行駛。

電影院坐落在鬧市區，我下了車，人流旋即將我裹挾了。熱烘烘的氣息撲鼻而來。與悶熱難熬的車廂一比，畢竟看到了窄窄的星空，畢竟有了可供穿梭的縫隙，人流湧動所帶來的幾絲晚風，雖說還攙和著燠熱的地氣，畢竟是流暢得多，涼爽得多。

我通過檢票口走進了電影院的玻璃大門。開映的時間未到，大廳裡人來人往，氣氛雜亂，致使我的眼前十分的迷離暈眩。我偷覷了一下四周，唯恐看到那雙熟悉的金魚眼睛。我眞想找個地方把自己藏起來，避開那雙金魚眼睛，也避開所有的眼睛。這時，有幾個男人朝旁邊的一扇小門走去，那扇門角上豎了一塊木牌，我靈機一動，跟在別人的身後，走進了那扇小門。

男人們走出又走進，那扇小門不停地搖晃。我找到一個角落，解開褲子門襟的鈕扣，像模像樣地站在那兒。男人們一個個繫上褲帶，洗手，走出小門。我用眼睛的餘光觀望著走出去的男人。

我一動不動地站著，站著。電影開映的鈴聲響了，男人們魚貫而出，只剩下我一個人了。我的臉上浮現出一絲勝利的微笑。慢慢繫上褲子的鈕扣，又慢慢走到洗手池前，龍頭滴滴答答掉落的水珠慢慢浸潤我的手背，手腕，手心，手指。水珠滴落指尖引起一陣發麻的感覺，這種感覺沿著臂腕流進身體。我注視著自己的雙手，發現這雙手有些微微發抖。

我走進黑黝黝的放映廳，憑藉銀幕上映出的微光尋找座位。先找到排號，又很快找到了座號。我的座位靠近走道。越過一張椅子，我在空位上坐了下來。坐下後不久，覺得手背上觸碰到什麼東西，黏乎乎的，我略略轉過頭去，猛地看到一雙熟悉的眼睛。儘管四周漆黑一片，那瞳仁裡的兩顆亮點依然擁有灼人般的穿透力。

唔，石榴努努嘴，示意我接過她手中那塊已化得滴水的冰磚。我低下頭三口兩口吃完了冰磚，手上又濕又黏，正發愁之際，石榴遞過來一塊手帕。擦完手又擦了擦嘴唇，我聞到手帕散發的一股馨香，使勁聞了聞，卻是冰磚的奶味。手帕還給石榴，石榴也擦了擦手。我想，等她擦完，那手帕肯定已濕透了。

我正襟危坐看電影。放映機飛速轉動，發出滋滋的聲響。看了半天，銀幕上的畫面竟然一幅也沒映入我的腦海。我偷偷側過臉去看一眼石榴，石榴也坐得很端正，頸脖伸直著，很認眞地看電影。石榴的臉部側影，微聳的胸脯，在黑暗中顯得異常嫵媚，也異常陌生，剛進來時的緊張感漸漸消失了。安定下來之後，不由得產生了一種滑稽的看法：冒著那麼大的風險和一個女孩一起看電影有什麼意思？除了一點刺激性之外，什麼意思都沒有。這部電影以後還得花錢重看。這樣我得出的結論是：要想把一部電影從頭到尾地看進去，就不能和一個女孩坐在一起。那麼現在做什麼？我隱約記得鱷魚說過，和女孩看電影位子越後面越好，越靠邊越好。當時我不明白就問爲什麼，鱷魚朝我一瞪眼說，一男一女去電影院又不是看電影的。去電影院不是爲了看電影，那爲了什麼？我很想再問一句，但我沒問，怕鱷魚嘲笑自己什麼都不懂。

憑直覺，我感到現在應該做點什麼。我搜索記憶，力圖想起鱷魚所說的有助於此刻的話。我讓想像力恣意馳騁。石榴似乎覺察到了我的內心活動，側過臉朝我望了一眼，而後又恢復原狀。

我被石榴的這一眼看得心裡癢癢的，勇氣和膽魄好像也被黑暗中熠熠閃耀的眼光所激勵，我開始仔細地大膽地上上下下打量石榴：石榴穿著一件白襯衫，白襯衫裡面還穿了一件小背心，白襯衫裹著的胸脯一起一伏，褲子是深色的，石榴沒有穿裙子，這使我回想起來她好像始終沒有穿過裙子。穿著長褲的石榴兩腿微微岔開，一隻小手擱放在一條腿上。石榴的腿很修長，也很圓渾，我突然湧起一陣衝動，將手突兀地往石榴的腿上一放，呼吸隨著這一舉動變得急促而粗重。

片刻後，我發覺石榴並未在意我的莽撞，相反，她把手覆在我的那隻手上，輕輕摩挲。我的手原本是僵硬的，慢慢地變得感覺靈敏，我眞切地感到了石榴薄薄的褲子裡面大腿光滑的皮膚，石榴的腿部肉長得很緊，但又很柔軟。我的手開始移動，慢慢地往大腿根部移去，石榴並不阻攔，她只是微側過頭去，兩隻眼睛死死盯著銀幕。她的胸脯劇烈起伏。我的手快要摸到她的大腿根部時，突然又變換方向，順著腰部上升，顯然，我是被那一起一伏的胸脯所吸引了，我感覺到了她的肚臍，她的腹部，以及山谷般的乳間，我的手指觸摸到乳峰的剎那間，不知是因爲害怕鄰座看到，還是此時此刻我驀地覺得自己很猥褻，我的手只逗留了片刻又很快縮了回來。

這以後，我再也不敢輕舉妄動。我感到腰腹痠脹得難受，我想上廁所。電影尙未放完，我悄悄跨過鄰座的腿腳，溜了出去。從廁所裡出來，我像逃避瘟疫似地逃離了電影院。

我有一種慶幸感和解脫感。

32

十六歲的我和十五歲的少女石榴曾經有過的這段短暫的交往究竟算是什麼呢？是初戀嗎？是友誼嗎？是一場夏季午後沉沉的睡夢，還是一曲小夜曲遺失掉的幾頁樂章？

也許，過了很多年以後，由少女變成少婦的石榴，還會記得她曾經迷戀過的那個頭髮微鬈的少年；而對我來說，與石榴的交往僅僅是一次冒險，是一次既不深入腹地又不會有任何結果的探險。幾個星期後，當我神經質地想旋風式了結這場探險時，已把它無來由地想像成一個圈套。

是誰設置了這樣一個圈套？假如它眞是一個圈套的話。是芒果嗎？公正地說，芒果摻和進來是後來的事。其時，我與石榴已經去過一次電影院，還去看過一次球賽。

看球賽是在一個星期之後。自那天從電影院裡不辭而別，我總像在躲避著什麼。放學了，我也不像往日一般時常出現在操場上。連著好幾天，石榴沒有能見到我。她著急了。十五歲的少女一著急，便草率地做出了一個錯誤的決定。說這個決定是錯誤的，是就它的結果而言。倘若石榴預見到她的決定一下，實際上已經毀了她和我可能發展下去的好事，那她是絕對不會這麼幹的。如果處在當時環境下設身處地替當事人想想，我們也許能夠原諒石榴的魯莽。一個基本上可以算是半個文盲的女孩，憑著她不高的智商，在那種情況下，她想不出還有什麼比看球賽更好的接近我的辦法。

球賽觀摩票是體育老師託朋友搞來的。票子雖說緊張，石榴還是想辦法說服體育老師給了她兩張。如法炮製，還是讓高個女生在樓梯口截住了我，把票塞給我。

球賽很精采，是一支來訪外國球隊與市隊的一場比賽。體育老師煞費苦心弄來觀摩票，自然是想讓他指導的學生球隊開開眼界，長長見識。體育老師不僅指導女隊，還兼任男隊顧問。這天晚上男隊隊員全都去了體育館。問題就出在這裡。

我到達體育館，球賽已經開始。站在進口處高高的台階上，我看到下面梯形的座位裡高個女生在向我招手。我走下去，從那些男籃隊員的座位中間斜穿到石榴和高個女生為我留著的一個空位上。體育館不比電影院，全場燈火通明，一排女生中插入一個我，格外招惹人注目。男籃隊員起先僅僅是因為有人遮擋了他們的視線而發出幾聲粗俗的詈罵，後來發覺這個人竟然大模大樣地落座於一排女生中間，他們惱怒了。

男籃隊員的惱怒包含了複雜和微妙的因素。

首先，他們中的大多數人經常在操場上看到我，他們對體育老師安排我和其他幾個人協助女籃訓練這件事本來就不滿，但礙於老師的面子，不得不有所克制；其次，男籃中的幾個主力隊員全部是打架的好手，大規模的毆鬥爆發時，他們往往都參與其間，手持角鐵衝鋒陷陣，球場上的競技和巷戰中的勇武同樣使他們揚名，也使得他們擁有暗地裡瓜分女孩的權力。石榴和高個女生是女籃隊員中的佼佼者，自然也在哪一天已歸屬某些個男籃隊員了；再則，流裡流氣的男籃隊員知道我是要被紅衛兵組織吸納的人，在他們的心目中，我是先進學生，他們是後進學生，這也是他們之所以容忍了體育老師的安排而沒有發作的原因，現在我公開地鑽進女生堆裡，不僅是對他們這些人所屬團夥暗地裡建立起來的蠻橫威嚴的挑戰，也摧毀了他們平素的價值標準。一個男籃隊員約女生外出，他們認爲是合乎情理的，因爲男籃隊員是後進學生，不找女孩的男生是配不上男籃隊員稱號的，你是另一個陣營裡的人，你是學生中的楷模，你也來找我們的女孩，那還有什麼先進與後進之分，還有什麼正義與邪惡之分，還有什麼好與壞、對與錯、香與臭之間的差別？人們習慣於一條瘋狗一而再，再而三四處咬人，但絕不允許一頭綿羊也揚善從惡，向人類發動襲擊。

我剛坐下，石榴迅疾地把一張摺疊成方方正正的紙片塞給我。紙片裡包著是石榴的照片。只有經歷過那個年代，你才會理解女籃隊員石榴的這一舉動的大膽和篤情。一個男孩子倘若能夠向女孩索取到她的照片，那就意味著他和她之間眞正地「敲定」。包著照片的紙上寫了歪歪扭扭的幾行小字，這封短短的情書錯別字連篇，從字跡難辨的字裡行間，我僅能認出重複七、八次的「想你」二字。連猜帶矇，我大概知道石榴是想說她走路的時候想我吃飯的時候想我睡覺的時候想我上課的時候想我。這封主題明確內容簡約熱情洋溢的情書讓第一次窺測到女孩心跡的我激動不已是幾天後的事。那時我一個人坐在小閣樓裡，像孩童識字般地找出七、八處「想你」，胸膛內有很長一段時間咚咚跳個不停。不過，這種陶醉般的又喜又怯的情思猶如掠過湖面的秋風，倏忽間又跑得無影無蹤。

那天晚上我僅僅來得及把石榴的情書塞進口袋，一顆菸蒂從男籃隊員的座位上扔了下來。菸蒂越過我的肩胛，在前排一個男人的白襯衫上燙出一個小洞後墜落，一股焦味隨之飄散開來。與此同時，男籃隊員的座位上傳來一片噓聲和呼哨聲，有人還跺著腳大聲叫喊石榴的乳名。

可憐的石榴回過頭去，緋紅著臉，用一雙水汪汪的眼睛哀求著坐在後面梯形台階上的男籃隊員們。我看到了坐在男籃隊員中一張熟悉的面孔，那是過山風。他的獰笑洩漏了他是惡作劇的主謀。男籃隊員根本不理會充溢於石榴眼睛裡的那份乞求神情，繼續大叫大嚷，還夾著下流的穢言穢語，過山風一時興起，竟把一隻塑膠涼鞋朝我的背脊扔了過來。

糾察很快出現了。那個襯衫被菸蒂燙壞的男人拽著糾察的手臂，咿哩哇啦控訴著男籃隊員們的惡劣行徑。從板著臉的糾察眼睛裡，可以看出問題的嚴重性。那時候一支外國球隊來訪，負責保安工作的員警或糾察往往有一種如臨大敵的緊張感，哪怕出現一點點疏漏也是不允許的。男籃隊員已經破壞了體育館內的安靜氣氛，嚴重騷擾了治安，糾察當機立斷，將男籃隊員全部帶出了場外。幾分鐘後，糾察重返回來，又將我帶了出去。石榴和高個女生與糾察爭辯幾句，無心看球，也跟隨在後，來到了治安辦公室。

表面上看，這次冒險經歷對我並無很大的損傷。糾察了解了一下情況便放了我，不像那幫男籃隊員是校方派人去保出來的。但這件事的起因迅速在學校裡流傳開來。體育老師再也不要任何男生去協助他訓練女籃了。所有的老師和同學都用一種怪異的眼光打量我，彷彿我一夜間突然長出一條尾巴似的。走在過道裡，任何人的注目都可以使得我低下腦袋。一些流裡流氣的男生對我的侮辱更爲直接。無論從屬哪一團夥的人，都朝我惡語相向。他們實在無法接受一個正派學生居然也做出不正派舉動的事實。

一天，我雙手握住雙槓剛剛使勁撐起身體，過山風突然斜刺裡竄過來，用力推了一下我的手腕，我猝不及防，失去平衡的身體像沙袋一樣重重地摔在地上。我艱難地爬起來，被激怒的我不知從哪裡冒出來的勇氣，我朝過山風走過去，誰知過山風的同夥一下圍了過來，涎著臉調笑，過山風則且退且逃，還不停朝我扮鬼臉。我只得咬咬嘴唇，把憤恨往肚子裡嚥。

又一天，我走在去學校的路上，過山風攔住我，問我摸過石榴的奶子沒有石榴的奶子有多大，我死死盯著過山風的臉，眞想狠狠摑他一個耳光。我走到學校，過山風一直糾纏到學校。遇到人多時，他還故意提高嗓門大聲重複他的問題。

上學，成了我沉重的負擔。躲在小閣樓裡，讀著辨識著石榴的情書，感情的漣漪一閃而過，隨後便是無窮無盡的懊喪和委屈。石榴託高個女生又轉來一封信，表達了她的歉意，末尾又流露出多麼想我的心跡。這封信絲毫沒有減輕我的煩惱，相反更加令人心亂如麻。初涉情河就遇上了如此難堪的局面，我是又急又恨，又驚慌又沮喪，不知出路在哪兒，心情猶如沉沒小街西邊的夕陽一般的黯淡。

就在這時候，芒果從小街的晨暉中走來了。

芒果走向身處困境的我，完全像是誰在冥冥之中指使了她。

芒果的家離我家的小院不遠，可以說我們是街坊鄰居。但她無數次走過我的面前而我們從未有過交談。我對芒果留下的一點印象還是母親給提供的。那些年，母親被勒令強制勞動，每天早晨將小街從西向東清掃一遍。有一次掃到芒果家門口，芒果的妹妹把一簸箕垃圾倒向小街路面，母親正猶豫著是否掃走這些垃圾，芒果手持掃帚和簸箕從屋裡跑出來，一邊掃起那些垃圾，一邊罵罵咧咧斥責她的妹妹。母親一聲不吭靜靜地佇立在旁邊。人落難時才看得清人心善惡。母親事後這樣說。母親的這句話我記著，她自己也一定記著，要不日後芒果的母親上門告狀，她就不會那樣心平氣和地勸說芒果的母親保重身體，不要因爲孩子們的年少幼稚而大動肝火。

芒果走向處於重重煩惱中的我的那個早晨天氣格外晴朗。小街上陽光燦爛。芒果兩根梳得很整齊的小辮綰在腦後勺，走起跑來晃蕩不已，一朵碩大的蝴蝶結裝飾著芒果精心梳理的髮型。芒果上身穿一件粉紅色襯衫，襯衫束進褲腰，將聳起的胸脯繃得很緊。與同年齡的女孩相比，芒果已顯露出發育良好的身段。她的臂膀渾圓，細腰下逐漸寬大的臀部被一條米黃色的長褲緊緊兜住。憑心而論，芒果不能算是一個漂亮女孩。她的微笑裡總是晃動著兩顆惹人注目的虎牙，她的兩條腿雖說修長走起路來卻有些羅圈。

那麼，在那個早晨，是什麼東西吸引了心事迷茫的我呢？

說出來你也許不會相信，是一雙襪子。一雙奶黃色的襪子使得我驀然間變成一個神思迷亂的俘虜。不是愛情的俘虜，不，那時候我不懂什麼叫做愛情。也不是爲芒果成熟的身體外形所蠱惑。我僅僅是被一雙襪子的鮮豔色澤搞得神魂顛倒。那種柔和溫婉的奶黃色似乎蘊含一種令人嚮往的神祕意義，它閃閃爍爍躍動在嫵媚的晨光裡，蒙上一層如夢如幻的氛圍。

我微微一笑。還帶出了一點聲音。

芒果很驚訝，她想不到事情會這樣。不過她很快做出了反應：她也粲然一笑，露出兩顆可愛的虎牙。

事情就這麼簡單。後來，一個五、六歲的小女孩跑來把我帶到芒果家的窗外。隔著窗欄，我看見芒果正洗著衣服，抿緊的嘴角露出一絲賣弄的微笑。

「進來呀，」芒果招呼我。「我們家沒有人。」

我畏畏葸葸跨進芒果家的門。雖說離得很近，可我從小就被家人禁止去鄰居家串門玩耍，所以我用一種充滿好奇的目光打量芒果家的一切。

芒果家的房子很簡陋，採光條件也很差。除了廚房，中間過道似的屋子和藏得很深的一間大屋子都黑乎乎的，我定神望去，費好大勁才辨認出影影綽綽的桌子和床架，它們猶如暗夜裡浮現海上的礁岩一般給人森森然的感覺。所以，當我第二次去芒果家，在她的引導下走入那間地牢似的大屋子，心裡充塞著畏懼和膽怯。

我和芒果的相交是在一連串的提問中開始的。那天我一直站在芒果的身後，回答她所提出的一個個極爲敏感的問題。芒果的提問一上來就像老熟人似地單刀直入。她提完問題還回過頭來拋我嫵媚一笑，似乎等著我的回答。她一定看到我的兩腮已經緋紅。芒果的問題始終圍繞一個中心，很抽象，也很含混，她好像是問「她怎麼樣？」「她好嗎？」諸如此類的話，但我立即聽懂了她的意思，也明白她問的是誰，所以臉刷一下紅了。

我開始吱吱唔唔回答芒果緊追不捨事無巨細的詢問。連我自己都不明白，我與芒果爲什麼一上來便會有一種熟悉的默契。其實在此之前的漫長歲月裡，我們近在咫尺卻形同陌路；我也不明白自己怎麼會在這個比我大一歲的女孩面前，毫無顧忌地坦白了自己的隱祕。我居然那樣放心我的談話對象，居然絲毫不懷疑她的用心，莫非眞像十年以後一個擁有金黃頭髮的法國女郎說的那樣，我對所有比自己大的女人都有一種倒錯的愛慕心理。我覺得法國女郎像巫師一樣道出很多年裡我與女人交往成功或不成功的機密，我覺得她一語道破天機。那麼，這種心理倒錯是因爲從小生活在女人的圈子裡，從而對比自己歲數大的女子容易產生傾慕呢，還是有來自生命內部更爲隱祕的原因？

我記得，小時候有一次躺在涼席上，我把手伸向母親的乳房，母親極爲憤怒地拍掉我的小手，從此我再也不敢如法炮製，充其量只敢撫摸母親光滑柔膩的臂膀，側過身體蜷縮成一團沉沉睡去。即便是進入了夢鄉，我的小手也顯得那樣乖巧，絕不會隨意遊動伸向別處。這使得我長大之後與女人親暱最爲快慰的一件事，便是撫捏她們臂膀裡側的肌膚，直到把她們捏痛哇哇亂叫爲止。曾經有一個女孩就是因爲不能接受我這個表示親暱的動作，指責我關鍵時刻壞了她的情緒而拂袖離去。

是不是可以說我的心理倒錯就是一種戀母情結呢？倘若是，我又爲什麼要一次次地忤逆母親的意願，一次次地逃離母親背叛母親呢？從什麼時候開始，我漸漸確立起一種叛逆的價值觀，凡事要和母親對著幹，而且自認爲只要做得與母親的意見相反我就必然會成功。

33

生命就是一連串的疑問。

芒果對我的所有回答似乎都留存某些個疑問，她不斷提出問題，又不斷產生新的疑問。這樣，我也就無法描述清楚與女籃隊員石榴的少得可憐的幾次交往過程。

芒果在不斷提問的同時，也留下了這樣一個疑問：她憑什麼要如此詳盡地盤問我的隱私呢？

或許她對我的緋聞早有所知。校園裡到處在流傳我的軼事。那麼芒果在此之前便十分注意她的鄰居呢，還是緋聞本身像一帖興奮劑，刺激了她的靈感？她也許認爲那不過是人們編造出來的一則謊話。唯其不信，她才會不斷考證細枝末節，才會不厭其煩地提出問題。而我老老實實證實了那些似乎是捕風捉影的傳聞之後，她表現出來的是驚訝，是不安。幾天後她告訴了我一件事。這件事令我羞惱萬分。無法確定芒果是否一旦從我嘴裡證實了校園裡流傳的軼聞，便擁有要告訴我一切的念頭。即便如此，事後我也原宥了芒果。所有充滿善意的狡黠都該原宥，它使生活變得饒有情趣而又不至於過分傷人。

聽完我斷斷續續的講述，有一瞬間芒果沉默了，她的神情變得有些嚴峻。她似乎在思忖什麼。

我沒有察覺芒果臉上掠過的那絲複雜表情，還沉浸在剛才毫無保留的講述所帶來的興奮之中。作爲一種心理平衡，我也問及了芒果的「敲定」，彷彿是向她索取坦誠的回報。令我意外的是，芒果矢口否認，對我委婉提到的那個頗有名氣的打架高手，她幾乎要將他家祖宗三代一齊拎出來糟踐。

「他也配？」芒果鼻子裡發出聲音。「也不照照鏡子，看我不一腳廢了他！」

不知爲什麼，見芒果用惡狠狠的語氣這樣說，我心底莫名其妙的有點高興。我覺得，芒果佯裝生氣的時候，那兩顆閃閃爍爍的虎牙更具魅力。不過，我仍然沒有立即放棄這個難得的話題：

「可別人都說你是他的……」

「你也不想想，這可能嗎？」

給芒果這一搶白，我倒愣住了。眨巴著眼想想，好像覺得可能性是不大。

這天，我懷著輕鬆愉悅的心情跨出芒果家的門。

沒過幾天，我站在小院門口，看見芒果從小街西邊遠遠地走來。芒果好像朝我點了點頭。

我不敢確定芒果是否在招呼自己，正遲疑著，芒果已經在一條弄堂口站定，等待我過去。

「我調查清楚了，」還沒等到我走近，芒果已神色嚴肅地開了口。「石榴曾經和一個男籃隊員一齊到郊區去摸過蟹。」

我一愣。我沒聽懂芒果的話。

「摸蟹？摸什麼蟹？」

「你連摸蟹都不懂？」

「不懂。」

「不懂就算了。」

我一把拽住了芒果。不能讓芒果瞧不起自己，不能讓她就此離去。我從她眼角滑過的幾縷狡黠的微笑裡，大概揣摩出「摸蟹」一詞是暗指什麼不好事情的黑話。我想知道它的確切含義。

芒果推掉我的手。她的臉頰微微發紅。她說：「以後再詳細告訴你……」

芒果愈賣關子，我愈是想知道答案；我愈急切，芒果愈是吞吞吐吐欲語還休。

被我纏得無法脫身，芒果才說：『「摸蟹」就是一個男的和一個女的……懂了嗎？」

我讓想像力張開翅膀，作無邊無際的翺翔。等我緩過神來。前面早已沒人了。

我回到家，想像的翅膀依然難以合攏。連著幾日，我萬分的苦惱。本來就有被人傳言的苦惱，於今又添加了想像的苦惱。而想像的苦惱因爲不著邊際，猶如一口深不見底的井，更讓人的心懸著晃著，時時有一種不安全感。

我下決心要擺脫目前的境況。

我想只有一個辦法可以擺脫這種境況。

34

把石榴的照片和信件交給芒果之後，我如釋重負地舒出一口氣。

是的，幾天來我躊躇、彷徨、煩惱，急於想擺脫掉面臨的困厄。我唯恐這種解脫是虛假的，非現實的，當把一只裝有石榴的照片和信件的信封交給芒果的時候，再三叮嚀芒果不要忘記從石榴那兒要回自己的照片。我實在不能再讓自己的照片流落在一個極不可靠的女孩手裡。我將自己的照片看作是一種罪證。

在短短的、毫無實質性內容的兩個情竇初開的少男少女的交往中，石榴應該對事態的發展和最終導致的結果承擔什麼責任呢？

如果硬要在她缺乏經驗之外指出她的什麼過錯，那只能說她太喜歡有著鬈頭髮、整日價憂傷滿面的那個男孩了。以至於她常常有些急不可耐，做出一些缺乏分寸感的事來。

本來，當我被環境的壓力壓得喘不過氣來的時候，如果是一個高明的獵手，絕不會再窮追猛攻，把獵物逼至絕境。相反，遠遠地觀望或者像晾一件衣服似地將獵物晾在那兒，所謂以靜制動欲擒故縱，那事態的發展朝向哪個方向就很難預料了。而石榴卻完全處於失控的狀態中。

首先她不該讓自己像一團火似地燃燒，且不等回應地一下將溫度升到極致，她簡直像丟了魂似瞎碰瞎撞；最不該的是她在我苦苦思索的那幾天裡，不斷與高個女生一次次走過我家小院的門口，而且每次都用一種焦急的目光朝裡面探尋。

一天早晨，我正準備出門去學校，母親突然說，這幾天常有兩個女孩在門前「晃來晃去」，母親的語調很平常，像是不經意提及的，但在我聽來，卻感到很刺耳，尤其是那「晃來晃去」的說法，讓我覺得確實像有什麼東西仿如魔影一般在心裡面晃來晃去。我就是在那一刻，產生了毅然決然的想法。而那個時候，正從另一條小街走向學校的石榴，還不知道她的不幸已經降臨了。

把一次短暫的感情經歷的結局交給芒果之後，我躲在小閣樓裡盼望著夜幕早早降落。黃昏時分，身負重任的芒果好幾次經過我的窗下，她匆匆來回的身影慰藉著一顆忐忑不安的心。有一次，我甚至覺得芒果朝小閣樓投來一個不易察覺的微笑，好像是告訴我一切安排就緒，讓我儘管放心好了。

夜幕終於降臨了。芒果最後一次朝我示意點頭，彷彿一個訪問遠方的使者，朝他所侍奉的君王臨別行禮之後，匆匆走出了小街。

那個秋季的夜晚是令人難忘的。燈光下黃澄澄的小街瀰漫著的一種溫馨的氣氛，多少年後還在我的腦海裡留下深刻的印象。一個季節的結束總是意味著另一個季節的開始。一次令人煩心的感情歷程的終止，總是預示了種種新的可能性的來臨。

我躲在一根電線杆後，注視著芒果遠去的背影，將所有的期望都傾注在那個行色匆匆、步履雖快卻仍然可以看出有些羅圈的女孩身上。

芒果走到小街的盡頭，來到十字路口。她在一盞路燈下停住腳步，然後手插在口袋裡，鎮定地來回踱步，並翹首觀望可能出現她所要會見的來者的路口。

當石榴帶著她的高個女伴，而不是帶著一大幫打手出現在十字路口時，遠在幾百米之外的我還是神經質地一閃身，縮回了原先伸得長長的頸脖。

歷史性的會見在短短的幾分鐘內便宣告結束。雙方交換了信件和照片，神情憂傷的石榴對這種不公平的、缺少談判主角的會晤似乎並無怨言，她僅僅在會晤結束之前，對芒果苦笑了一下，說：

「請你向他轉告我的歉意，是我給他帶來了麻煩。至於關於我的傳言那都是無中生有的，當然我也不想解釋了，因爲現在再來解釋已沒有什麼意義。謝謝你了。」

芒果肯定是一個健忘的人，她向我轉述十幾分鐘以前石榴不無憂傷地說過的那段精采告別辭時，遺漏了後半段話。這使得我事過多年之後回憶起那個路燈昏黃的秋晚街景，不免少了許多浪漫色彩。

距那次歷史性的會面之後不到一個星期，芒果坐在電影院裡等待我的到來。芒果的兩個妹妹坐在後面一排，離她們姊姊十幾米遠的地方東張西望交頭接耳喜形於色。她們像兩隻可愛的喜鵲嘰嘰喳喳，置身於電影開場前的一片喧鬧聲中得意洋洋，不時向她們的姊姊投去無比歡欣的目光。她們是有理由這樣高興的。因爲她倆是偌大電影院裡僅有兩個知道今晚這場電影與一件密不宣人的好事緊密相聯的人。她倆直接參與策劃了這件祕密。

我乘影院暗場之機潛入場內，依照芒果兩個妹妹傳遞給我的票子上所提供的座位號碼尋找到芒果熱切的目光，我心頭一熱，第一次輕鬆地嘗到了參與一宗密謀所帶來的甜頭。

三天以後，我在芒果的引領下，走進了她家那間黑漆漆的大屋子。被芒果派去叫喚我的一個鄰家小女孩完成任務後執意不肯離去，當芒果不斷哄她逗她騙她的時候，急不可耐的我從後面攔腰抱住了芒果。芒果彎腰弓背雙手撫弄著小女孩的臉蛋，嘴裡發出一陣嘿嘿的竊笑。那個小女孩莫名地注視著面前的一切，以她那個年齡無法理解的神態安然處之，她不明白也不可能明白面前那一對男女急於要趕她走的原由。

於今回想起來，我覺得並不是那個小女孩壞了那一天的好事。小女孩即使不在，事情也只能按照以後發展的態勢延續，不可能是別的。

渾身發燙的我緊緊抱住芒果後，把臉龐靠在了芒果的背上。隨後，我的雙手躁動不安地開始摸索，一會兒往上，一會兒往下，事情完全出乎我的意料，我以爲可以馬上得到什麼的願望並不是那麼容易兌現。我的雙手無論摸索探尋到哪兒，都遭到另一雙手的堅拒，伴著格格的讓人聽來十分刺激的淫笑聲，芒果像與我捉迷藏似地讓她的身體冷靜地忽隱忽現。我因爲感受不到芒果胸部和腹部的情況，喉嚨其癢難忍，愈發的執拗和瘋狂。

準確地說，這情形有點像老鼠和貓的遊戲。主動權全在貓手裡。老鼠被貓逮住之後瑟瑟發抖等待貓用利齒去咬牠啃牠，而貓似乎並不想過早地解決問題，牠伸出前爪不時地逗著鼻子底下這隻犯傻的口中之物……

芒果的雙手上下遊動，一會兒捂住胸部露出腹部，一會兒又捂住腹部露出胸部。

老鼠只能乾著急。

第七章

我的身子微微發抖，那個念頭像魔鬼一樣纏住我：地主婆。我的大腦和理智在提醒我，甩掉那個念頭，拋棄那個魔鬼般纏住我的念頭，可心裡還在重複地默念：地主婆，地主婆。

35

班上來了一位新老師。

新老師是個五十左右的老太太。大家背地裡叫她老太太，不僅是因爲她個子矮小，皺紋滿面，頭髮花白，更是因爲她叨叨絮絮，裝了假牙的嘴巴說起話來一癟一癟的。上課鈴響後老太太扯著個嘶啞的嗓子拚命叫喚，而聽她講課的同學卻很少。沒人聽，她就反覆講，一節節課講，講的都是同樣的內容，講完了還布置習題，還要打分點評。我記得，進入中學後再沒老師布置回家作業，老太太承襲老的教育方法，她一反常態依舊要大家回家做習題。她還從校辦工廠借來線路板，一定要每個人分清串聯電路和並聯電路的區別。這個班的學生日後懂一點電學方面的知識，大概全是老太太的固執所致。老太太教的是物理課。

老太太來了之後，原先胖胖的走路像企鵝一樣的班主任便再也沒有在走廊裡出現過，據說是回家了。

胖老師與我的關係很平淡，兩年多時間裡，她和我說過的話加起來也沒幾句。我沒能加入紅衛兵組織，她一定很失望，從此她和我的話就更少了。胖老師的離去並沒使我感到依依不捨，也沒絲毫的遺憾。新來的老太太說話沒人聽，矮小瘦弱的身軀沒放在大家的眼裡。

然而，日子一久，情況就不同了。慢慢地，我覺得老太太的出現非同尋常。

那時候講世界觀。十五、六歲的年紀，既是長身體又是世界觀逐步形成的時候。都說這階段的教育很重要。那麼，這階段由誰來教育，由誰來對需要受教育的人施予影響豈不更重要？老太太來了，來得很突兀，也很耐人尋味。

我所在的班是一個出了名的亂班。說是亂班，不僅是這個班上擁有像鱷魚這樣赫赫有名的留級生，還因爲這個班的女生也很不簡單。很多來上過課的女教師不怕男生，卻唯獨怕女生。男生一般不會輕易侵犯老師，似乎還有無形的師道存在。但女生就不一樣了，她們可以惡語羞辱，唾沫飛人，窮凶極惡之時，老師如果有膽量將某女生拖出座位，那麼老師的手上被咬上幾口，臉上被抓出幾道手印，甚至頭髮被扯下一把那都是不足爲奇的。所以來這個班上課的老師走進教室每每有如履薄冰之感，還是小心忍讓，睜一隻眼閉一隻眼的人，懂得幾分保重自己的訣竅，倒反而維護了師道之尊嚴。

這麼一個亂班，照理說派一個強悍威嚴的男教師來，才能有望讓形勢改觀。不派男教師也該派個年富力強的年輕教師才對。

事後證明，我當時和所有人一樣，都錯誤估計了形勢。老太太還是有一些絕招的，要不那些出了名的男生不會那麼快就被降服的。老太太能跑善磨，矮小的身影時常疾走如飛，飄忽在學校與同學家庭之間，她格外喜歡磨嘴皮子，扯住一個同學或同學家長，說起來沒完沒了，厚厚的癟癟的大嘴唇蠕動著翻飛著，瞧著她那煞費苦心死不甘休的勁頭，再惡再霸的人也不得不涎著臉，向她點頭賠不是，不是怕她，實在是怕她的糾纏，怕她的磨。

我像疏遠所有的人那樣疏遠老太太，下了課拿起書包便匆匆離開教室。有好幾次，老太太走近我的座位，瞇著眼睛望著別處，而蠕動嘴唇低低訴說的話語，又似乎讓我覺得她是在與自己一個人交流。我隱隱約約地產生一種預感，彷彿這又是一個從遙遠地方趕來的神祕而陌生的不速之客。然而這絲毫沒能祛除我孤獨前行的封閉心理，相反，已經習慣於一個人獨處一隅冥想的我，更加杜絕任何親近自己的努力。

老太太來到這個班上不久，便主持改選了班幹部。這次改選的結果是以前頗受器重的女幹部香梨下了台，新任正副班長是熊貓和我。選舉結果出來後，我用一種困惑不解的目光望著老太太。而老太太似乎並不正視我的目光，她微笑著，眼角的皺紋裡蓄滿了慈愛。而她的微笑告訴我：老太太對選舉結果很滿意。

直到後來我回想起來，才隱隱覺得改選班幹部，是老太太治理這個班級的一個重要步驟。或許說，是一個有預謀的舉動。

一個月以後，老太太帶領全班下鄉學農。同學們分成幾撥被安插進不同的生產隊。放下鋪蓋後，老太太領著大家挨家挨戶地進行拜師儀式。我的師傅是生產隊的隊長，鱷魚的師傅是倉庫保管員，一位二十出頭的農村少婦。保管員的家裡有間堆放雜物的空房，將那些雜物清理之後，我和鱷魚就搬了進去。這樣的安排是鱷魚向老太太提議的，他說，一個後進的同學需要班幹部的幫助才能一點點進步。鱷魚在頭腦清醒的時候常會說出一些令人瞠目結舌的話。但只有我心裡明白，鱷魚的話裡摻雜了很多水分。

將同學們安頓好以後，老太太矮小的身影開始頻頻穿行於鄉間雜草叢生的田埂上。那時候正是棉花吐絮的季節，朝霞初升的清晨抑或是夕陽西下的傍晚，老太太踩著疾如行舟的碎步，在樹木掩映的村舍之間來回往復。

一天上午，陽光很好，我正和幾個同學站在棉田裡採摘棉花，老太太從綿延的田野裡悄悄地走了過來。她先是隨意地摘下幾朵潔白如雪的碩大棉球，然後慢慢向我靠近，將捧在手中的一大堆棉花塞入我圍在腰部的一只布兜裡。

這個陽光燦爛的上午，老太太一直沒有離去。她不離我蹤影，忽左忽右地採摘下棉花骨朵，又好像不經意地與我時不時聊上幾句。

我們先來說說這個上午之前的情形。改選班幹部的結果讓我略略感到有些意外，這倒不是因爲香梨的下台。香梨的下台至少在我的心裡蕩漾過一陣欣喜的波瀾。誰都不可否認，這個班級的女同學之所以那樣爲所欲爲，與香梨的慫恿和幕後策劃不無關係。令人奇怪的是，老太太來到班上不過短短的幾十天時間，她那時時瞇縫著的眼睛怎麼就一下看出問題的癥結所在。改選後的情況證明了老太太對形勢判斷的準確性和可靠性。這個班級的女同學比以前溫馴多了。至少在老太太常常像敲木魚一般的「女同學要懂得自重」的提醒下，已沒有人在課堂上瘋瘋癲癲或發出令人毛骨悚然的怪叫聲。出現在女同學身上的這種不知不覺的變化，讓看在眼裡的我，不得不對老太太生出些微的敬意。但她爲什麼選中自己呢？偏偏又是在校園裡風傳我和石榴有某種瓜葛的時候？在公布選舉結果之前，老太太從未找我談過，她像一個自負而高明的設計師，驅使著各種力量，讓整個班級像艘航船駛向她預定的彼岸。既成事實之後，老太太也幾乎沒有與我正面接觸過，只是在幾件小事上，老太太與我有過幾次內心的較量。一次是寫一份總結班級工作的報告，熊貓建議由筆頭較快的我來起草。我堅持不肯。最後大家心裡都鬧得有些不快，彆彆扭扭還是熊貓自己寫了那份報告。還有一次是一個男同學在學工期間，屢次攀上女浴室的窗欄窺視女工洗澡，事發後班幹部開會幫助那個男同學，老太太要求每個人作好發言準備，而到開會那天，我以身體不適爲理由缺席了。第二天下課後見到老太太，我已準備好以自己的沉默來抵禦可能降臨頭上的任何指責。可老太太隻字不提昨天的事。她只是低低地說了句：要珍惜同學們的信任啊。說話時她的眼睛並沒看著我而是看著旁邊的熊貓。這給人一種錯覺，好像昨天缺席的不是我而是熊貓。老太太的神情很和藹，和藹的背後又深埋著一種堅定。她似乎不相信和整個班級若即若離的這個憂鬱寡語的學生，會就此永遠不與她及她所領導的這個班級親近起來，她似乎堅信他總有一天會採取明智的合作態度。

奇怪的是，老太太愈是不正面指出她的學生的過錯，愈是用旁敲側擊的方式對其施加影響，我愈是在內心滋長出一種莫名其妙的離心力，而以沉默和躲避爲表現形式反彈出的牴觸情緒也愈爲強烈。

也許我生活在人群中，面對來自任何人的管束和驅使都充滿了敵意。這一點是老太太直到很久以後也沒有明白過來的道理。

那個陽光燦爛的上午是令人回味無窮的。老太太形影不離地跟在我的身後。她像撿起散落在地的棉絮一樣撿起一些話題。話題與話題之間的跳躍性很大。老太太談起她的獨生女兒，談到她謝世的老伴，一位留過洋的物理學教授，談到她與學校工宣隊領導的矛盾，談到她對現任紅團帶隊老師的看法，她覺得那是個見風使舵的傢伙，以前老太太擔任教導主任的時候，那個人如何如何巴結她，而一旦她被打倒靠邊後，那個人又如何如何與工宣隊領導打得火熱，老太太還談到她的鬥爭哲學以及鬥爭手段的藝術性，她說唯有在來這個班級擔任班主任這件事情上她妥協了，不是懼怕什麼人，而是她不忍心眼睜睜地看著一個班的學生處於無政府的狀態。她這麼說的時候，無意間又對前任班主任的工作做出了一個基本估價。老太太在談到班主任與學生關係時，還提到了一個比喻，那個比喻好像是說沒有領頭羊的羊群將會瀕臨迷途的危險。

那天上午老太太所說的一切，我都沒太往心裡去。雖說出於禮貌也不時發出一兩聲語氣詞，表示一種傾聽姿態。老太太所談到的很多話題在我看來，作爲一個教師是不該向她的學生披露的，我不明白老太太爲什麼要對自己說這些不著邊際的事情，正像我不明白在這個陽光溫煦的上午她的身影爲什麼不停地投射在我的左右一樣。

老太太後來說到了那個令我大感意外且又是極爲敏感的話題。隨著歲月的推移，老太太所說的一切皆會漸漸淡忘，猶如湮在宣紙上的水漬終將漫漶，而她輕輕地又是那樣清晰地說出的那句話卻一直縈繞在我的耳際。她說，她也出身不好，她所無法選擇的那個所謂的「剝削階級家庭」始終像一塊心病壓在她的心頭。

我很震驚，在一剎那的時間裡，全身彷彿通了電似地顫抖了起來。這時候，無邊無際的陽光一下從四面八方朝我湧了過來。

我轉過頭，老太太依然是那副和藹慈祥的面容，她朝我頷頷首，好像達到什麼目的、擊中什麼目標似地踩著小步疾走而去。她的背影在我充滿疑惑的視線裡愈來愈小。

要是沒有後來發生的那件事，也許我和老太太會在某一天達成某種默契。幾天以後突如其來爆發的一場事變，使整個情形驟然朝著十分惡劣的方向逆轉。

那天早晨下起了一場小雨。淅淅瀝瀝的雨滴打在房頂上發出清脆的聲響。七點左右，一陣狂風席捲田野，雨勢凶猛起來。鱷魚翻身起床，趴在窗櫺上朝外探望，我被鱷魚的響動吵醒，躺在床上不由得爲不用出工而暗暗欣喜。

臨近九點，房東保管員走進隔壁的廚房忙碌起來。保管員的丈夫因爲毆鬥使人致殘而被送進公安局服刑一年。長有幾分姿色的房東少婦在丈夫服刑期間，帶著一個幼小的兒子忍氣吞聲地打發日子。在她不時流露出來的不滿情緒中，讓人明顯覺得生產隊的領導在裁決那場致使她丈夫入獄的鬥毆中負有傾向性的責任。那些恩恩怨怨都是我們到來之前的事。我與鱷魚根本不了解圍繞鄉間恩仇所牽涉到的種種錯綜複雜關係，我們和房東相處得很好。鱷魚經常和房東說說笑笑，空閒時他拽著我和保管員一起玩撲克，興致所起說笑變得毫無節制。放肆的說笑聲衝出屋後在村舍之間久久迴盪。距我們借宿的那間房子大約十幾米遠，便是隊長的家。隊長坐在一張小桌前一個人悶悶不樂喝酒的時候，自然常可聽到不遠處飄過來的歡聲笑語。隊長是我的師傅，生性孤傲的我和生性同樣孤傲的他，除了出工收工時有過幾句公事公辦的交談，幾乎沒什麼來往。這給隊長一個錯覺，似乎他的城裡來的徒弟並沒有把他這個統治一方的鄉巴佬放在眼裡。

在那次衝突事變中，令人十分不解的是那場始於清晨的雨。淅淅瀝瀝的雨，七點左右變得洶湧起來，九點一過，忽然又莫名其妙變溫和了。十點半的時候，雨滴倏地飄走了。靠近村舍四周的田野上空一下晴朗無比，經過大雨洗沐後的竹林翠枝間傳來雀鳥清脆的鳴叫，與之相呼應，小河西邊隨著一葉扁舟呈扇型鳧水而來的群鴨也嘎嘎地歌唱著。這一番雨後鄉村即景顯然迷惑了城裡來的學生，使其放鬆了警惕，我曾用探詢的口吻問過保管員，按照慣例，這樣的天氣是否需要下田，保管員支支吾吾遲疑著，她似乎也沒把握。她說通常情況下要看天氣是否一直好下去，經大雨淋過的濕漉漉的棉花，即便摘下後也要很長時間才能曬乾。保管員含混不清的回答，愈發麻痺了我們。這時的鱷魚，毫不猶豫地從床頭拿出一副撲克，拉過保管員和我，興致勃勃地開始發牌。

事情就這樣一步步朝最後的結局發展。

十點三刻左右，我們聽到了屋外響亮粗魯的叫罵聲。保管員神色頓時緊張萬分，她慌張地撂下手中的撲克，站起身朝屋外走去。

我的師傅大概是十點過後走出家門的。他披著蓑衣在田野裡轉了一圈，雨也就如他所預料的那樣草草收場了。他遊魂似地飄飄蕩蕩，眼睛不時斜乜著村口，希望看到他的屬下和學生們的身影。他左等右等，時間在流逝，權威在喪失，一次次地落空使他這個隊長終於忍耐不下去了，隊長氣咻咻地跑回村子，挨家挨戶地將村民們叫出來。在保管員的家門口，他聽到了曾無數次聽到過的那種放肆的目中無人的歡笑聲，隊長先是往前緊走幾步，像是躲避什麼似的，接著他感到胸口集聚了一股難以排解的氣體，他無法不將這股氣體紓解掉，不然，他會立即因鬱悶窒息而昏死過去的。他開始像歌唱前的練聲那樣，從喉嚨裡發出咕嚕咕嚕的聲音，經過一段時間的調整和操持，他終於找到了發聲的最佳部位，於是，所有的穢言惡語都噴吐而出了。

這是天晴之後的又一場滂沱大雨。

老太太從很遠的另一個村子趕來了。她走到保管員家那幢瓦房前，隊長迴腸盪氣的發聲操練正達到高潮，他口吐白沫地叫嚷著要學生們滾蛋，他說他不能再忍受一個蕩婦和兩個男學生在屋子裡亂搞的歪風邪氣，當他猛丁看到迎面匆匆而來的老太太，不知什麼緣故，惡狠狠地朝她瞪了一眼，怒沖沖地掉轉身向田野走去。

老太太的臉色鐵青，她顯然聽明白了那用鄉音夾帶下流口頭禪的辱罵中所包含的惡毒含義，她雖然不知道她的學生犯了什麼錯誤，但她絕不會相信隊長想像力豐富的所謂一個少婦和兩個男生亂搞的虛構故事。她神情嚴肅走進屋子時，看到房東保管員伏在灶頭上抽泣，我倒頭躺在床上，鱷魚嘴裡罵罵咧咧地坐在桌前玩著一副撲克。

老太太的目光掃過來又掃過去，她終於開口說話了。她不能不說話。她不能不說一些符合她身分的話。她的語氣很重言辭卻很婉轉。可惜那時候我被突如其來的打擊搞得糊塗了，根本無暇去細細品味老太太貌似嚴峻的話語中的弦外之音，只覺得莫大的委屈排山倒海向我席捲過來，我猛地翻身躍起，將被子一捲，開始往網兜裡收拾行李。

老太太一時不知所措。她目睹她的學生一步步在錯上加錯的泥淖裡陷落下去心急如焚，她只能扯著嘶啞的嗓子大聲喊了一句：

「你要好好考慮你的行爲所帶來的後果！」

我已經顧不得後果了。這一點老太太不了解我，她也不可能了解我，因爲那時候我想我又犯病了。既然開始了整理行李的舉動，就不得不讓它繼續下去。人到了這種時候，只剩下衝動的悲壯。其實那時候我並不知道在做什麼，也不知道爲什麼要這麼做。

在這幅場景中，聚焦點是收拾行裝的我，老太太站在一側，左邊是掩面而泣的農村少婦，右邊是嘟嘟囔囔的鱷魚。老太太光注意了我，忽略了處於陪襯地位的鱷魚。焦點是可以移動的，主角和配角在一齣戲中和在生活中是不同的。一齣戲中的主角和配角一經確定便不會變化，而生活中的主角和配角之間的對應關係，常常會出現意想不到的急劇轉換。

我尚未打點完行裝，那幅場景中原先處於角落的鱷魚，再也不甘心一直被人忽略下去，他大叫一聲，衝出場景，要去完成他的角色轉移。老太太和其他人都不知道鱷魚想要幹什麼。鱷魚衝出屋去後，在一堆柴禾中間隨手撿起一把鏽跡斑斑的斧頭，以迅雷不及掩耳之勢，朝田野狂奔而去。

這就有了另一幅場景。在這一場景中，成爲主角的鱷魚手持一把凶器，狂奔於田埂上。長長的田埂，長長的狂奔，使得大喊大叫的鱷魚變得英勇無比，他像一位武士一般撲向無限的田野。田野的盡頭，隊長正和幾個村民在幹活。

以後的一切就變得簡單了：鱷魚還沒接近隊長，他已被幾個村民撲倒在地，奪走了斧頭，很快有人拿來了一根麻繩，在隊長的指揮下，鱷魚被押送到鎮上的治安機關。在那兒，鱷魚被狠揍了一頓，關了一個星期，寫了無數張檢查，才灰溜溜地走出治安機關那扇鐵門。

在這一個星期裡，村子裡變得格外的寧謐。我發著高燒，整日躺在床上蒙頭大睡。除了保管員按時送些飯菜給我，誰也沒來找過我。

我非常想家。確切地說，我非常想念我生活的那座城市。一天夜裡，我忽地翻身起床，拿過紙筆，飛快地寫了起來。

我把這兒發生的一切全都告訴了芒果。當然，我沒忘記告訴芒果：自己非常非常地思念她。

我是第二天寄出這封信的。我在寫這封信的時候，完全沒有考慮到後果。

36

往事如煙。

往事如風。

往事如平原上飄忽而來不期而至的陣雨，屢屢突襲我的夢境和記憶。

我不能確定青少年時代發生的所有事情的眞實性，正像我無法確定我從什麼時候心理開始接近正常人的指標。一位權威的心理醫生告訴我，按照西方發達國家的測試標準，我們超過半數的人心理處於不健康或亞健康的狀態。他還告訴我，通常人們說天才和瘋子只有一步之遙，其實心理正常和不正常也僅僅是一步之遙。這位心理學權威給我描繪的圖景令我毛骨悚然。

強迫症是現代社會的常見病。潔癖是強迫症的一種。我的一位朋友的父親，心理和神經系統出了問題，外表上看沒有大的變化，唯獨異常的就是突然之間格外地怕髒，每天要換三次床單。早晨換一次，午睡前換一次，晚上換一次。換過的床單他仍然不放心。他每天要刷十幾次牙，一罐牙膏，幾天就用完了。

我的整個青年時代也許都患有強迫症。我把所有遭遇到的不公平和苦難都歸結於我的家庭。那時候在我看來，我的家欺騙了我純潔的心靈，我的家是不乾淨的，所有和家聯繫在一起的人和事物都是可疑的。二姨媽當然也不例外。

來呀，跟我來呀。

二姨媽說完，扭頭走去。二姨媽穿了一件絳紅色的旗袍，腳上套了一雙圓頭黑皮鞋。那雙皮鞋的款式很特別，有一種懷舊的味道，可它擦得鋥亮，又顯得很新。我第一次見二姨媽穿這雙皮鞋。二姨媽終於又打扮得乾乾淨淨，她終於又扭動開腰肢，這一切都好像是迴光返照。那時候的我魂不守舍，只注意二姨媽的神情，二姨媽的神情有些嚴肅，我稍稍細心一些，就該發現二姨媽的臉色蒼白，白中還泛黃。

我已記不清這一幕發生的具體時間，我甚至忘了是下鄉前還是下鄉後。我只記得，這是二姨媽和我之間進行的最後一次正式談話。在這之前，我和二姨媽已有很長時間沒有碰面和說話了，我幾乎忘記了她的存在。

來呀，跟我來呀。

二姨媽拉下嘴角的一笑，給我留下難忘的印象。那一笑，很勉強。她若無其事地嘀咕著，她剛去過舅舅家，帶了好幾套行頭，舅舅給她拍了整整一捲膠卷的照，說要挑出幾張好的來放大，配上鏡框去參加攝影比賽。我很不情願地跟在後面，絳紅色的旗袍晃得我眼花，擦得鋥亮的皮鞋讓我煩心。地主婆，好神氣。二姨媽是地主婆的話，地主是誰呢？

來呀，跟我來呀。

二姨媽為我打開了紅樓房的門，頓時，一股陰涼潮濕的氣味撲面而來，令人窒息。我長大後，二姨媽幾乎不再讓我走進紅樓房。二姨媽反常的舉止並未引起我的注意。我眼睛直直地看著二姨媽在一屋子的紅木家具前踱步，她喃喃的話語對我來說嗡嗡作響，無異於天外之音。她提到了「天公神仙」，提到了針灸師，提到了舅舅，還提到了許多我聽過和沒聽過的名字。二姨媽像是在瀏覽她的一生，歷數訪問過這棟紅樓房的人，她莫非預感到大限將至？

「你還是不肯給我做兒子是嗎？」二姨媽突然轉過身來問道。「我知道我問得有些多餘，你的脾氣像你父親。你是不會改變的。」

我一愣，奇怪的是，我怎麼努力也無濟於事，心田的土地下，還是有個念頭春筍般頑固地鑽出來：地主婆。

「你如果給我做兒子的話，這屋子裡所有的東西本來就都是你的。」二姨媽像是非常惋惜地說。

我的身子微微發抖，那個念頭像魔鬼一樣纏住我：地主婆。我的大腦和理智在提醒我，甩掉那個念頭，拋棄那個魔鬼般纏住我的念頭，可心裡還在重複地默念：地主婆，地主婆。

後來，二姨媽似乎看不到任何希望，她像被什麼東西擊倒一般坐下了。她頹喪地坐在一隻鏤空雕花的石凳上，朝我揮揮手，好像是說走吧走吧壞坯子。

37

我把寫給芒果的信寄到了學校。

芒果的班主任路過門衛室時看到了這封信。她乘門衛提著熱水瓶去打水的空隙，悄悄拿走了這封信。

芒果的班主任是位三十多歲、戴著一副深度近視眼鏡的年輕女教師，她雖說很注意修飾打扮，但始終未能找到一位如意郎君。她將大部分的業餘時間用來關心她的學生。她當然不會放過我寄給芒果的這封信，憑著良好的嗅覺，她知道這不是一封平常的信。再說，只要有可能，她不會放過任何學生間的書信來往。她從閱讀這些情竇初開的男女學生相互表達浪漫情感的書信裡，獲取了極大的快感。她已有拆看學生情書的悠久歷史。

幾天以後，芒果的母親手持我的這封信來到我家的小院。

我的母親非常熱情地接待了這位很少上門的街鄰，並帶著歉意再三希望氣色不好的芒果母親保重身體，不要爲兒女們的少不更事而憂心如焚。兩位母親進行了友好融洽的會談。雙方都對自己的子女教育工作的疏漏主動承擔了責任。會談是富有建議性的。

我的母親將客人一直送到門口，除了表示一定配合對方的計劃外，還不經意地將芒果的善良品性誇了幾句。到了這時候，芒果的母親也不反對主人這樣說，因爲這無疑減輕了芒果在一段浪漫插曲中所要負的責任。

此時此刻，遠在郊縣農村臥床發燒的我一點都不知道，我與芒果的命運已在一次歷史性的會晤中被決定了。

幾星期後當我回到城裡，在小街的弄堂口，無意間邂逅心中思念的情人——芒果時，芒果竟然像不認識我一樣從我身邊遽然走過，令我百思不得其解。從此以後，芒果一直保持了她與我這種陌路人的關係。她再也沒有和我說過一句話。

幾年後，在遙遠的海邊，我從一輛迎面駛來的拖拉機上看見了坐在拖拉機手旁邊的芒果，當時曬得很黑的芒果臉蛋上浮起了一團酡紅，但她依然像不認識我似地轉過臉去。再後來，芒果成了那個拖拉機手的妻子，她和抱著孩子的丈夫走過我家的小院，往事已宛如煙雲消散，而芒果臉上還沒有解除警報的徵兆。

我一直以猜謎的心情來審視我的生命歷程中與芒果交往的這段短暫的經歷。因爲有很多環節無法弄清，就如同一個擁有無數謎底的謎語始終讓人充滿了雲遮霧罩的困惑。芒果在我與石榴的關係中究竟扮演了一個什麼角色？芒果的母親究竟用了什麼方法使得她的女兒如此乾脆地斷絕了和我的交往？倘若有誤解的話，芒果因爲什麼對我耿耿於懷，究竟是我的這封信使她丟了醜，還是因爲她覺得與我這樣一個極爲冒險的傢伙交往，實在是一種更大的冒險？還有，事後老太太不會不知道這件事，但她從未對任何人提起過，她永遠瞇縫著眼睛笑微微地覷著遠處與我談話，這給我一種感覺：她什麼都知道，她不說是因爲所有的醜聞都在她的內心積累著某種力量，諸種力量的匯合，是爲了最後的較量。我把這種較量定性爲降服與反降服的較量。

我像玩賞諸如魔方之類的玩具一樣，玩賞著曾經閃爍在我生命裡的這段迷霧重重的經歷。我想，也許沒必要讓所有的謎底都一一展開。並不觸及靈魂的往事斷片，蒙上一層虛幻迷離的色彩，反而讓人回憶起來增添些微溫馨而甜蜜的氣氛。

就讓芒果永遠不開口對我說什麼吧，就讓歲月靜靜地流淌吧，只是我堅信一點：那就是我與芒果之間沒有仇恨。沒有仇恨就行了。

我只能一個人消受芒果對我態度的突然變化所帶來的疑惑和孤獨。

那段時間母親正在爲姊的婚事操心。姊的婚事顯然是我們家那些年裡的重頭戲，但我像一個局外人，對此毫不關心。我對家裡發生的所有事情都很漠然。家對別人來說，是依靠，是支撐，是溫暖的窩，避風的港，而對我來說，家是一個充滿了懷疑的大問號。在內心深處，我與「家」存在著一道很深的裂痕。

一天深夜，我從睡夢中被母親和姊的談話聲所驚醒。將她們支離破碎的對話拼湊起來，我對未來的姊夫有了一個大概的印象，那是個忠厚老實的工人，酷愛書籍，買了大量的書，據說是爲了退休以後讀的。他有幾十年的工齡，比姊整整大十歲。

母親似乎對這門婚事很滿意。據她看來年齡大有年齡大的好處，工齡長，經濟上比較寬裕，另外，年齡大的丈夫一般都很疼愛比他小得多的妻子。母親事後爲她的這番預言付出了代價。

母親和姊在那個午夜沒有談及一個問題，而事過幾十年後姊不得不黯然地承認，那其實是一個至關重要的問題。也許就因爲它，致使姊認識姊夫後不到三個月的時間裡，便草率決定嫁給他了。那就是像陰影一樣追隨我們幾個兄弟姊妹的家庭出身問題。今天，當不到二十歲的青年男女紛紛尋找有海外關係的配偶或者乾脆外嫁他鄉異國，所有的價值標準都發生了根本性的轉變，重溫二十多年前的舊事，彷彿歷史的頁碼翻過了幾個世紀。很難設想，再過幾十年，當我們面對更小一輩的年輕人，向他們談起幾十年前我姊出嫁時的眞實想法，那些年輕人肯定以爲那是一個童話。

歷史就這樣嘲弄了我們。

那個午夜母親和姊雖然都避免觸及這個敏感話題，但各自心照不宣。姊夫的家庭出身是工人，他本人也是工人，姊改換門庭後，可以徹底甩掉那條緊追不捨的「尾巴」，以此獲得一種政治上的保險。人不能也無法跨越歷史境況。當二十多年後，步入中年的姊躲在被窩裡嚶嚶啜泣，爲難以追回的往事和青春而痛感後悔、歎息和不平之時，誰也無法阻止她的思緒展開翅膀向宗教的神祕祭壇飛去，既然歷史不能用理性來概括，那又怎麼去勸說飽經滄桑的姊、被命運捉弄的姊不跪倒在神的面前？我們伸出去拽住姊纖細胳膊的手非常無力，非常沒有說服力。

姊跪倒在神父面前。她的額際朝著神父穿著皮鞋的腳迎上去。她把頭深深地埋下去，直到她的唇吻到了神父的腳。她的臉頰上掛滿了淚珠。因爲此時神父慈祥的手輕輕觸摸了一下她的頭顱。她知道她找到了歸宿。

姊的婚事辦得非常簡單。她的嫁妝是在一個夜晚偷偷運到姊夫家去的。結婚的那天，也就是請了幾個朋友聚在一起，姊夫做了幾個菜，請朋友們喝了幾杯酒。沒有鞭炮，沒有彩車，沒有盛大的婚宴，新房僅僅是一間尖頂的閣樓。那年代不流行化妝，姊是簡單裝束，只不過穿了一件新做的衣服，將頭髮梳得整齊一些。然而，燈光照耀下的姊還是顯得很興奮，臉上煥發著喜氣，給人一種嫵媚而不豔俗的美感。

從姊夫家出來，已是深夜。母親走在前，我訕訕地走在後。我不由自主地萌生了某種失落感。母親似乎也爲家庭一個重要成員的離去而蒙上淡淡的憂悒情緒。在一個沒有強壯男人支撑的家庭裡，母親非常清楚大女兒多少年來爲她分擔的是什麼。

母親默默無語地前行，一直到家門口，她才突然回過頭來對我說：「你以後別去找芒果了，好嗎？」

我一怔，與母親在黑暗中對視了許久，我注意到，母親是用一種很平等的商量口吻跟我說這件事的，好像重新開始的家庭生活不能被這件事的陰影所籠罩。一絲細微的羞澀心理侵襲著我。從母親唐突而直率的話語中，我驀然找到了芒果一下子冷落自己的線索。

我什麼都沒說。儘管我知道自己再也不會去找芒果了。

姊出嫁後一個星期，母親想起是否也該請親戚們吃一頓飯。同時，母親忽然感到這麼大的事情，事先居然沒和二姨媽商量，日後吵起架來不知道要擔上什麼樣的罪名。

事實上，二姨媽已經有很久沒有打開過道中間那扇緊閉的門了。母親曾無數次敦促她的子女們去關心一下二姨媽。姊已經很少與二姨媽說話了；二姊呢，從勞改農場逃回來不久，神經出現了錯亂，經多次求醫大量服藥，病勢得到控制，但經常與母親大吵大鬧，這樣一種狀況根本不可能期望她去做什麼；我的地位照說應該有些特殊，按母親的話說起來，二姨媽一向從心裡比較疼愛我，我應該可以成為和二姨媽交流的紐帶。而我什麼也沒有做。這使我很多年後每每想起，總有一種不堪回首的愧疚心理。並不是誰都能擁有照拂一顆孤僻心靈的權利，二姨媽對看不順眼的人往往是毫不客氣地杜絕別人體恤她的好意，她把這些人的行為都理解為是圖謀她的財產，而我是很少幾個不會沾上這種名聲、擁有某種特權去接近她的人，但我卻輕易地將它放棄了。

隨著年齡的漸長，我不僅是沒有加固從小與二姨媽建立起來的感情，相反卻愈來愈疏遠，愈來愈生分。童年時的我渴望聽到二姨媽的呼喚，每次我站在小院門口，看到穿得山青水綠的二姨媽從外面回來朝自己招手，我便像一隻小鳥似地飛奔而去。然後二姨媽便攙著我的手，走入弄堂縱深處，左拐右拐來到她的家。

二姨媽用來款待我的晚餐，通常是一種紅玉米粉做成的麵疙瘩。做飯的時候，二姨媽換下旗袍裙穿上大襟罩衫，手持一只陶罐將紅玉米粉加水後調稠，慢慢往漂浮著菜葉的沸水鍋內注入一截截玉米糊，這時的我，就坐在灶頭前拚命往灶膛裡添禾加柴，熊熊火焰映紅了我的臉蛋。二姨媽時常要檢查我的工作，一旦發現我將灶膛塞得太滿，她便會心疼得大嚷大叫，一邊趕緊蹲下身子將她認爲是很金貴的柴禾鉗出幾塊。飯做好後，盛出兩碗，二姨媽和我面對面坐在小凳上用餐。好吃不好吃哦？二姨媽喜歡這樣問我。大口嚼著麵疙瘩的我嘴沒工夫，只一個勁地點頭，發出哼哼唧唧滿足的聲響。那時候我對麵疙瘩的讚歎是眞誠的。我們家從來不做，難得有機會嘗到，我確實覺得那玩藝兒很香。慢慢地，我覺得二姨媽做的麵疙瘩不如以前好吃了。當二姨媽一如既往地問我相同問題時，我會挑剔地說：太淡了。二姨媽拍拍腦門，抱歉地說：哦，忘了放鹽了。以後二姨媽再用徵詢的目光看著我，我便反問道：二姨媽，你爲什麼不放一些肉片呢？二姨媽一聽，愣了愣，一把奪過我手中的碗，大怒道：就算我都餵狗了！我悄沒聲息地離開二姨媽那間又大又陰森、四壁都被煙熏黑的屋子時，還聽到二姨媽嘟嘟囔囔的聲音：餵隻狗，狗還會看門對人搖尾巴哩。

從什麼時候開始，二姨媽的召喚對我來說失去了吸引力。二姨媽的大嗓門發出的呼喚已無昔日的光彩和魅力，相反，我有一種逃避的欲望。童年時我與其他小孩發生爭執，二姨媽無數次趕來，用粗俗的斥罵聲喝退我的敵人，那時候我會感到欣慰，感到一種依靠。日後的情形就完全不同了，二姨媽的介入，只會使事態更加惡化。隨著歲月的推移，誰也不再懼怕二姨媽。二姨媽的那些下流粗俗的辱罵，導致的結局便是我的對手們用更加激烈的手段來報復我。而二姨媽那些與眾不同的下流話也每每使我感到羞慚不已。擁有這樣的保護者，似乎對我的心理壓力更大。我寧可不要二姨媽的出場，一個人承受敵手們的欺凌和挑戰。漸漸地，當二姨媽發覺她的好意並沒有得到我的感激之後，她的介入方式改變了。她在辱罵那些人的同時，也用「壞種」、「壞坯子」這類詞將我也囊括進去了，以至於我的敵人也有些迷糊起來，不知道那個暴跳如雷的老女人究竟是在幫誰。

有一次，我聽到二姨媽站在弄堂門口大喊大叫，很多人圍了過去。人群裡我看到有櫻桃父女。櫻桃嘻皮笑臉不知說了句什麼，二姨媽大罵了一聲，人群中爆發一陣猥褻的哄笑聲。最後的一幕場景是令人難忘的。以後只要我一想起這幕場景，背脊上就會有無數蟲子爬過的感覺。人群散開一條路，櫻桃癡笑著逃去，二姨媽滿嘴穢語污言地在後追趕，這一幕搖搖晃晃的場景在我的視野裡漸漸變得明晰之後，我終於看清二姨媽手中提著的是什麼東西了：那是一條沾滿污血的衛生巾。我當時的反應是急遽轉身掩面而逃，我實在不忍心繼續看著二姨媽當眾出醜下去了。

很多年以後，從一只長沙發上滾落下來的櫻桃撫摸了一下自己的下身，當她看到手指尖上隱隱約約的鮮血斑跡，她順手給了我一巴掌，我一讓，頸脖上火辣辣的。櫻桃說：「媽的，你把我搞出血了。」已經套上褲子表情冷靜的我，因爲來不及躲閃，挨了一巴掌後微微瞇縫上了眼睛。就在那一瞬間，我的眼前浮現二姨媽手持一根白晃晃的東西憤怒追趕櫻桃的場景。

母親在姊婚後的第三天，把舅舅一家和四姨媽請來吃了一頓飯。二姨媽沒有來。舅舅是二姨媽最信任的人。每次二姨媽碰到不順心的事，都要長途跋涉去舅舅那兒傾吐一番。但這次舅舅的面子也不管用了。他跑到二姨媽家左勸右勸也沒能把她請來。舅舅回來後揮揮手，讓大家開始吃飯，感歎地說：「二姊這一輩子也吃了不少苦，她脾氣古怪，大家都不要和她計較。」

不久後的一個下午，我放學回來，看到四姨媽等在家中，見了我笑吟吟地說：「駱駝，把書包放好，幫姨媽去做一點事。」

我跟隨四姨媽來到二姨媽家門前，只見神情枯槁的二姨媽提了兩大包棉花胎等在那兒。二姨媽似乎並不願意搭理我，我不由得低下頭，只聽見四姨媽說：「幫姨媽把這兩包東西挑走。」

我挑起那兩包東西匆匆離去之際，甚至都沒敢看一眼二姨媽。理所當然地，我更不會去注意二姨媽的臉色，也不會去想一想爲什麼二姨媽要送兩條棉花胎給四姨媽。四姨媽的家境並不窮困。

棉花胎很輕，我一路小跑，走了半個多小時來到了四姨媽的家。四姨媽獎賞了我兩元錢。我不肯收，四姨媽硬是塞進了我的口袋。我哼著小曲又回來了。

過了兩天，我從學校回來剛剛走進家門，母親便告訴我一個消息：二姨媽住院了。

送二姨媽去醫院的是四姨媽的女婿。四姨媽的女婿來做客，發現二姨媽臉色蠟黃，執意打了急救電話，叫車將二姨媽送進了醫院。化驗結果：後期黃疸性肝炎。醫生說二姨媽是因爲長期營養不良而得的病。

38

二姨媽自從住進醫院後便再也沒有回來。

二姨媽生命裡的最後一段時光是在醫院度過的。誰都沒有料到她會遽然離去。她這樣匆忙地告別人世，似乎就是爲了讓我——她的外甥日後生活裡永遠逃脫不了負罪感的追逐。如果說生來有罪的說法還有些讓人疑慮重重，那麼一個曾經和你很親近的人在她瀕臨冥界前，給你留下不可塡補的空隙，使你無法像一個正常人那樣面對陽光和鮮花，你就明白了神與許並不是前人憑空杜撰出來的。

二姨媽的死給我留下了一個永遠的難題：我還能說自己是清白無罪的嗎？

這樣看來，死與生是可以簽署永久契約的。死者的逝去所掀起的那一道光影也許並不曾消失，它不知不覺隱藏於生者命途的兩側，每當生者忘乎所以地釋懷大笑，那道光影便會倏忽閃現在前方大路的某處，使目光黯淡的生者即刻感知了冥冥之中神祕力量的存在。

死者只解脫自己，只要它願意，它滿可以讓生者長久地置於永劫不復的境地。

二姨媽剛住院時，母親去醫院看望她，和四姨媽輪流陪夜；後來化驗結果出來，二姨媽被轉移到了隔離病區，那時母親再去看她，就只能遠遠地隔著鐵柵欄望上一眼。母親曾讓我們也去探望二姨媽。但未等她的口氣變得堅決起來，二姨媽已在一天夜裡溘然長辭了。

作爲平素關係不算融洽的姊妹，興許母親已盡了她的義務。正是她的明智態度，才使得以後親戚們對我們家的指責不至於肆無忌憚。然而，母親所做的畢竟是她的分內事，她不能替人代過，她無法替她的子女們洗刷掉良心的塵埃。在二姨媽住院期間，我，及我的姊姊們，都未曾去看過她，給她最後的彌留歲月帶去一點安慰。最最關鍵的還在於，二姨媽體內潛伏危險的緊要關頭，是四姨媽的膝下，而不是毗鄰二姨媽的我們將她送進了醫院。追溯的目光放得再遠一些，倘若我及我的姊姊們不是那樣疏遠步入老境的二姨媽，倘若我們比較早地去關心她過於清苦節儉的生活，也許二姨媽還有更多的時光來安享晚年。

於是，二姨媽的死去，留下了一個懸念。圍繞這個懸念，我們家所有的親戚們紛紛登場，上演了一齣激烈而精采的活劇。

這個懸念，便是二姨媽平生克勤克儉節省下來的包括房產在內的價值幾萬元的遺產。二姨媽沒有繼承人，按照法律，這筆遺產自然該由她的兄弟姊妹們來協商處理。大舅舅和大姨媽已經去世，二姨媽一走，健在的還有三姨媽、四姨媽、舅舅和我母親。我母親排行老五。

平素親戚們的關係應該說都是非常和睦的，常來常往，尤其是舅舅，對我們這些小輩可說是體現了一種長者的撫愛和風範。從童年起，舅舅在我的心裡便具有高大巍峨的形象。他的熱情好客，他的傳奇般的酒話，他的那架挎在肩上的德國貨照相機，以及他年輕時代的風流韻事，都像星辰一樣照亮我的童年歲月。今天，當我回想起舊日往事，回想起兒時記憶裡的表姊們，回想起給過我溫馨關懷的舅舅姨媽們，我都恍恍然不知身處何地，那場圍繞二姨媽遺產所發生的故事似乎從未在我的記憶裡出現過，似乎那只是一個傳說，一場夢。

先說四姨媽。二姨媽在躺上活動病床被護士轉移至隔離區之前，曾抖抖索索地從夾衣口袋裡摸出幾疊用舊報紙包著的錢幣。二姨媽沒有把錢存入銀行的習慣。她所有的錢，都東一包西一包，塞在她屋內一些令人意想不到的地方。有一年的夏天，一個爬上屋頂的鄰居在看到二姨媽擱置在窗台上曬太陽的一只淘籮後驚叫起來，因為淘籮裡攤放著的是一疊疊發霉的紙幣。

那天二姨媽摸出幾包錢幣交給四姨媽的時候，恰巧被另一個在場的表姊看到，四姨媽為了含糊過去，搪塞說那是二姨媽用來支付住院費的錢。表姊經四姨媽這番弄巧成拙的解釋後，反而感到困惑不解，她不明白享有勞保的二姨媽為什麼還要支付住院費。她把她的疑問告訴了我母親。母親也感到奇怪，便在一次談話中不經意地問到了這件事。豈料四姨媽聽後，臉色頓時變得通紅，大怒道：「那是二姊囑我交給弟弟的錢，要那些多嘴多舌的人來操心幹什麼。」四姨媽畢竟也是上了年紀的老人，缺乏隨機應變的機智，她本可以把謊說得更圓一些，這麼一來，舅舅就白撿了那些錢。

最後四姨媽哭喪著臉將那些錢交給舅舅時，她嘟嘟囔囔反反覆覆地說：「二姊沒留過什麼話，都是我瞎編的，瞎編的。」

在這件事上吃了啞巴虧的四姨媽，一下猛醒過來似地變得無比精明。她開始正視自己的能力了，她知道自己不是年富力強的弟弟的對手。於是她提出了一個建議：成立一個遺產分配小組，除了二姨媽的弟妹們是這個小組當然的成員外，每個家庭還可推派出一個人來參加這個遺產分配小組。四姨媽的這個建議可謂是富有想像力的。舅舅自然請出舅媽來助陣，可實際上的決策者依然是舅舅，所以這個建設性的建議並未讓舅舅那一系的狀況有何改觀；我們家呢，舅舅和四姨媽建議由姊來加盟這個小組，他們知道缺乏經驗、經常受到二姨媽生前責難的姊，不可能理直氣壯地給整個遺產分配過程增添什麼麻煩。

在這個建議中得到最大好處的是四姨媽。由於她的提議得到認可，四姨媽一系的幕後智囊，她領養的兒子而後又成了她女婿的提早退休的前中學校長，堂而皇之地從幕後走到了談判桌前。在日後一輪輪的談判中，一次次證明他不愧爲表面上酒醉糊塗、實際上足智多謀的舅舅的強有力的對手。他對四姨媽那一系最大的貢獻，不僅在於有效地遏制了舅舅野心的急劇膨脹，而且還巧妙地躲避了遺產小組對那兩大包由我代勞扛走的棉花胎事件的調查。在他的唆使下，四姨媽一口咬定棉花胎是二姨媽送給她小女兒的，而棉花胎裡絕無其他東西。這一說法的可疑之處是：在清理遺產的過程中，大家發覺二姨媽的一些首飾和金銀細軟都不見了。這些不翼而飛的珠寶，眾所周知的就有外婆傳給每個女兒的一副手鐲，我母親在最爲困難的時期抵擋給二姨媽的一對翡翠足金戒子，這還不算二姨媽各個時期收羅的金銀首飾。

事隔十五年之後，過八十歲生日的四姨媽，將一塊手帕包著的金銀首飾平分給她的三個女兒。其時的黃金價格大大上漲，按照市面行情，四姨媽的三個女兒分別繼承了價值幾萬元的黃貨。四姨媽的這些金銀首飾是從哪兒弄來的，至今仍是一個謎。唯一遺憾的是，四姨媽八十大壽那天，當年那個絞盡腦汁的談判功臣、她的乘龍快婿已不在人世了。

這場遺產風波中的主角當然非舅舅莫屬。從一開始他就占了輿論的上風。無論是操辦喪事還是具體籌劃各類細節問題，他都事必躬親地過問和決策。這時的舅舅眞像一架不知疲倦的永動機。他喝了那麼多年的酒，好像就是爲了等待這一時刻的到來。他令人難以置信地戒了酒，風塵僕僕地在這座城市裡趕來趕去。當有人關心他的身體，問他累不累時，他無可奈何地將雙手一攤，說：「這有什麼辦法，按照我們家鄉的習俗，姊姊的事當然得由弟弟包了。」

當時舅舅這麼說時，誰也沒有引起注意，誰也沒有眞正從他的話裡領會其眞正的意圖。唯獨這句話傳到四姨媽的女婿耳裡，前中學校長清癯的臉龐上一對有神的眼睛凝然不動，幽幽地說：「這話也不能這麼說。現在是新社會了，男女都一樣，姊姊的事妹妹們也該多加操心才對啊。」

現在看來，當時只有四姨媽的女婿是清醒的，只有他是聽懂了舅舅話裡的弦外之音。後來當舅舅借清點財產之名，向四姨媽索要房門鑰匙，這個唯一的清醒人即刻跑來對我母親說：「清點財產應該大家都在場，不能讓舅舅一個人擅自行事。」

舅舅顯然是感到了某種阻礙他意志的力量的存在，他的話一次次被打了折扣或乾脆無法付諸實現，他察覺到了問題的棘手。那時他肯定已審時度勢，看出他的弱點：不能對簿公堂，不能將遺產問題交付政府機關辦理，那樣的話，他作爲男性同胞的優勢將喪失殆盡。而實際上，四姨媽的女婿已經說過類似「舅舅是教師，是懂法律的」這樣的話。舅舅深深懂得，只有在家庭內部解決遺產問題才會對他有利。鑒此，他接受了四姨媽提出的成立遺產小組的建議。在他看來，四姨媽的女婿出不出場，四姨媽都是聽他的。針對這一建議，舅舅經過深思熟慮，做出一個非同小可的決定，這一決定事後被證明是無比英明無比正確的。

在舅舅的安排下，舅媽火速趕回家鄉，請出多少年深居簡出的三姨媽。年屆七十的三姨媽好像一尊金貴的菩薩，千里迢迢被舅媽請來後，供奉在舅舅家窗明几淨鋪有地毯的朝南大客廳裡，她受到了女王般的隆重接待：每日菜肴豐富，每餐必有一尊三姨媽喜愛喝的紹興黃酒，睡的是席夢思床，蓋的是鴨絨被。三姨媽上床前，舅媽還要給她端來一碗點心，點心往往是一些熬成湯汁的補品。細心的舅媽發覺三姨媽的腳怕冷，特意跑去百貨商店，替她買回來一雙保暖鞋。

三姨媽受到如此厚重周到的款待，對她來說是頗感意外的。雖說舅舅的熱情好客在親戚中有上佳口碑，但作爲丈夫被劃地主遭政府鎮壓的破落人家的遺孀，三姨媽多少年來受到親戚們的疏遠。即使與舅舅有些往來，在漫長的幾十年的歲月中，也只能算作是零星點滴。三姨媽長年居住鄉下農村，她只有在太陽明媚的時候，才手捧一只銅手爐，端過一張竹椅坐在院門前的菜畦裡曬太陽，一頂編織粗糙的絨線帽蓋在白髮蒼蒼的頭上，幾綹銀絲從三姨媽的兩鬢披掛下來。她的眼神是迷離的，給人一種恍若隔世的感覺。她在打發後半輩子的時光裡，幾乎杜絕了任何從風塵瀰漫的大路上傳遞過來的城外消息，當然，她也拒絕了所有關於她胞姊胞弟的音訊。她絕不會想到，在步入耄耋之年，從一輛停靠村口小溪邊的長途汽車上，跳下了她的弟媳婦，來竭力邀她作一次生命最後的遊歷。她在盡情享受那些高規格的禮儀和待遇之際，不會想到這次事先吉凶難卜的遠遊，其實已預示了她大限的臨近。從她那雙蒙昧的眼睛裡顯現出來的大路上走來的弟媳婦，應該是充當了一個冥府使者的角色。那會兒她如果早早地提高警惕，也許還能推延大限一步步的臨近。

當三姨媽心情喜悅，隨她弟媳婦趕赴這座年輕時到過的城市時，她一定還以爲，她也能作爲一個系脈來分到屬於她的那部分財產。但三姨媽肯定忘記了一件事。她忘了想一想，她這麼打老遠地去爲誰爭取哪怕是萬貫的錢財，她還有多少時間來慢慢享用這些錢財？她唯一的兒子「天公神仙」早就和家庭劃清了界線，早就不認她這個母親了。

這恐怕就是我的姨媽們在這場鬧哄哄的遺產紛爭中所視而不見的悲哀。當然，這也是那個已經長眠九泉之下的我的二姨媽的悲哀。她們是眞正的中國農民。即使歷史提供給一定的機會，讓她們逃離土地，移居城市，她們也會像農民渴望買地一樣，用不吃不喝節省下來的錢來購置房產，斂物聚財。二姨媽死後從她床底下翻出的大量碎磚塊，三姨媽顚著小腳長途跋涉的蒼老身影，四姨媽八十歲生日那天的莊重場景，以及舅舅爲了達到他的目的，不惜毀壞長久以來建立起的聲譽和形象，而多少年後他的妻室兒女棄他而去，讓他一個人遊蕩於鄉間的阡陌小路過一種孤魂飄零的生活，這些重合交錯的景象，都讓我眞切地感到汩汩流淌在我血管裡的血液源頭來自何方。流浪是一種逃離和背叛的形式，流浪者終究無法改變自己的血性。

就在我的親戚們調兵遣將準備大動干戈的時候，隸屬我母親這一系脈的陣營裡卻顯得格外的風平浪靜。除了母親之外，我和姊姊們都非常麻木。我們都未曾察覺構築在親戚們之間的和睦關係的堤壩已經開始迸裂，然後加速度塌陷崩潰，我們都還蒙在鼓裡，一張溫情脈脈的面紗之所以還沒完全撕下，只不過是各路兵馬暗地裡的準備還不夠充分，還沒到短兵相接的火候。

那些日子裡，母親帶回來的一些零星消息並不能引起我的注意。母親和她的兒女們一樣，感到一種疚歉。道義上的反思使我們根本無暇去想那些遺產問題。

二姨媽的死，帶給我的是無邊無際的孤獨和恐懼。我對道義層次上的思索很有限，我僅僅覺得在對待二姨媽的態度上，我做得不合適。不合適在什麼地方，我說不清。我一次次地想起二姨媽和我的最後一次談話。那是我的祕密，我不會告訴任何人。那時候緊緊纏住我的是另外一件事。一個原先你很熟悉、離你很近的人突然消失了，它使你想到：死，其實離你很近。

一個熟悉的人的死去，就像距你不遠處的地方所出現的嚴重的泥土塌方，你腳下的土地彷彿也開始晃動起來。

我第一次靠近了死。朦朦朧朧很不具體的死。

39

隨著親戚們的陸續到來，我家屋內的氣氛也變得緊張起來。這情形很像紀錄片裡國家首腦們的會晤。

舅舅和四姨媽分坐桌子中央兩側。皮膚白皙、目光超然的三姨媽穿得整整齊齊，坐在靠近牆壁的一張躺椅上。桌子向左向右，依次坐著舅媽和四姨媽的女婿。母親忙忙碌碌給大家沏好茶端來後，正對著桌子坐下。

舅舅掃了一眼站在門邊的我和二姊，慢悠悠地說：

「分配小組的成員留下，無關的小輩就迴避吧。」

舅舅說話時面帶微笑，他布滿血絲的眼睛又朝著天花板，一時大家都沒聽明白他的話。倒是年紀最大的三姨媽腦子反應靈敏，她搖頭晃腦哼哼唧唧地說：

「是呵是呵，小輩是隔了一代的人，最好還是不要參加這種場面。」

舅舅的原意是讓我和二姊退避一下，三姨媽將他的意思一引申，變成了小輩們都要迴避。這一波及面太大的動議，顯然引起了四姨媽女婿的不滿，所以當二姊態度生硬地拒絕離去時，四姨媽的女婿即刻表示贊同，使得舅舅只能改口，說無關的小輩們旁聽一下也無妨，只是不要隨便插嘴。

遺產分配小組已經不止一次開過類似的會議了。開會的地點業已多次變動。在這方面，我的親戚們可以說是具備了職業外交家的素質。對選擇開會地點的意見不一，其實顯示了各自的傾向和必要姿態。高明的談判老手往往在商討重大問題前，總是先在一些細枝末節上糾纏不休。對峙的雙方爭執不下，並非是他們眞的十分計較諸如時間地點這些細小問題，宛如一場古代戰爭陣前的鼓樂爭鳴，宛如交響曲的序曲引子，一種聲音的出現，總要遭到另一種聲音的抗衡，以表示誰也不能擺布誰的堅強意志和鏗鏘決心。舅舅與四姨媽女婿的較量，一開始就是從開會地點上發生歧義的。舅舅提出以他的家爲主會場，四姨媽女婿幾乎不假思索便推翻了他的提議。舅舅的提議之所以那麼不堪一擊，是因爲四姨媽女婿指出，舅舅家離市區太遠，開會地點的選擇應該考慮到老人們行走不便的因素。他認爲應該選擇一個離二姨媽舊居較近處作爲主會場，理由是便於清點財產。

他們雙方互相爭執不下的時候，我的母親被冷落在一旁。後來她提議輪流做東道主的方案得到一致贊同，似乎再一次證明了談判史上顚撲不破的眞理：敵對雙方處於僵持膠著狀態時，中間路線往往占上風。

經過幾輪務虛的會談，實質性的問題漸漸顯露出來。各方都預感到臨戰前沉重的心理負擔。這恐怕也就是一向待人寬厚和藹的舅舅，一反常態提出讓我和二姊迴避的原因。

會談開始，經舅舅的提示和啓發，年事最高的三姨媽首先贏得說話的機會。三姨媽贏得第一個發言權，事後看來是舉足輕重的。面臨重大談判，第一個發言的人，往往具有定調的性質。這可以使會談的進程朝著主持人所設定的方向發展。對三姨媽來說，她的首先發言給人一種印象，她似乎獲得了一個正正當當的席位，而不是像一開始大家理所當然感覺到的那樣，一向獨居鄉下默默無聞的三姨媽，並不會在這宗遺產案中擔當一個繼承者的角色。

三姨媽穿得乾淨俐落，經過這些日子人參補品的調養，她已從長途跋涉的疲勞中恢復過來，白皙的膚色透出一絲淡淡的紅潤。她端坐躺椅上，背脊挺得很直，兩隻深受封建制度迫害裹得宛同粽子般的小腳整齊地併在一起，她的布滿黃色老人斑的手合攏在膝蓋上，不時地搓著，好像是她思索的外在形態。三姨媽的一頭蒼髮的腦袋前後搖擺晃動，含糊不清沒頭沒腦的話語夾帶了濃重的地方口音，這使得列席會議的我常常皺起眉頭，像猜謎一樣去猜測三姨媽含含混混的演說。三姨媽斷斷續續的持續幾十分鐘的發言，核心問題其實只有一個，儘管她的話題幾乎涉及了幾百年乃至更遠的鄉間歷史中的風俗習慣。她要闡述的無非是男人在漫長的歷史中始終不變的主導地位。她舉出大量的例子，來證明男性比女性在繼承祖業方面的優越條件。她的東拉西扯的引經據典，讓人懷疑她千里迢迢從農村趕到城市來，似乎就是爲了宣傳男系社會的合理性。她的意思過於直露，恨不能一錘定音，將二姨媽價值不菲的遺產統統歸於她弟弟的名下。她的這種捨己救人，首先想到別人的良好風格只在演說結尾處出現了一點偏差，她表達了她不應被忽視的權利。她認爲按照城鄉差別，她是姊妹中最貧困最應得到接濟的。

緊接三姨媽的話題，整個會談對男系社會與母系社會孰優孰劣問題展開一場馬拉松式的一般性辯論。在這場辯論中，身材高大面容精瘦的四姨媽女婿表現出了訓練有素的辯論技巧，他據理不讓、感人肺腑的出色演說極能籠絡人心，他最後不僅能贏得四姨媽、我母親的當然支持，連三姨媽也搖頭晃腦與之相呼應，忘記了她的初衷和使命。

舅舅在辯論中也並非一無所獲。在進入非常具體的財產分配之前，大家確認這樣一個共識：即舅舅作爲唯一的男性繼承人，作爲二姨媽生前多次提到的爲數不多的可信賴的人，他可以稍稍多分一些財產。

憑藉著這一原則，舅舅在每一關鍵時刻，處處占得優先選擇的特權。例如在分配房產時，他當仁不讓地提出要朝南那間結構良好的紅樓房，四姨媽緊追其後，也要了那幢房子中朝北的一間，剩下母親就只能接受那間毗鄰我們家、二姨媽生前作爲廚房因而四壁脫落房梁坼裂的灰矮房。整個分配過程就這樣變成了舅舅先占有利，四姨媽屈居其次，我的母親最終拾人牙慧的一次程式化的瓜分。

三姨媽一直很沉得住氣。她搖頭晃腦地關注著事態的發展。她對弟妹們屢次公然的忽略似乎並不在乎。她那麼自信讓人事後只有一個推斷，那就是她相信她的忠誠和幫腔，會得到她弟弟的回報。她相信他不會遺忘她。後來當得知她只能分得二姨媽的一些老式服飾時，她忍不住嗚嗚地哭了。她說，你們不能這樣欺負人。而這時舅舅笑微微說出的一句話，讓三姨媽即刻停止了嗚咽，兩隻眼珠像水晶一樣閃閃發亮地盯著她的胞弟。

舅舅說：「你成分不好，你要拿了那麼多錢財回鄉裡，政府又要來抄你家的。」舅舅像是甚怕三姨媽不明白他的意思，接著又語重心長地補充一句：「二姊是工人，這些遺產都是一個工人辛苦了一輩子積攢起來的，你想政府會讓你來繼承嗎？」

天眞的三姨媽不知道她已經完成了一次遠行的使命。她再要提出任何要求，都要由其他三人分攤，已經占了有利位置的舅舅，此時當然要維護好他的勝利成果。三姨媽大字不識一筐，她對突如其來的變故一時無所適從，所有的希望頃刻間化成泡影之後，她嘟嘟噥噥反反覆覆只會說的就是一句話：「你們不能這樣欺負人，你們不能這樣欺負人。」

拿到一包舊衣服的三姨媽在這次會談之後，堅決拒絕了舅舅一家挽留她再住幾天的好意，第二天清晨登上火車回到了故鄉。幾個月後，她靜靜坐在一張竹椅上，面對遠處高聳的大山閉上了她的雙眼。她急速追隨二姨媽陰魂而去的事實，爲她此前草率而匆忙的遠遊打上了句號。

在整個瓜分遺產的過程中，我的母親始終處於被動的地位。每當舅舅和四姨媽論功擺好，追憶昔日與二姨媽的手足之情時，我的母親只能默然無語。無論是從舅舅嘴裡，還是從四姨媽首肯的神情裡，都能找到二姨媽生前對她五妹強烈不滿的佐證。舅舅和四姨媽高舉道義的電棒，只要我的母親稍有不遜之言，他們一準齊聲討伐過來。處於極爲不利情形下的母親臉色陰鬱，經過幾次會談，她已漸漸看清了舅舅和四姨媽一次次指責自己的眞實意圖，她不願相信她所認識到的事實。事過境遷，我的姊姊們依然不能忘記很多年前蒙受的屈辱，而每每這時，我的母親總要爲她的同胞姊弟辯護幾句，她說：「他們心底裡都不是壞人，只不過是被錢財這東西害的，鬼迷心竅罷了。」

「你們說我對二姊不好，我承認在某些事情上我是沒有完全盡到義務。」後來，我的母親情緒激動地開始了她的辯護發言。

「二姊的脾氣古怪，你們沒和她住在一起，自然摩擦就少，但是你們誰沒有和她吵過？我從農村逃難到城裡，是二姊接濟了我，這份情我從沒忘記，也不是沒還過。房子是我用金銀首飾作押向二姊買的，我住到這裡來以後，二姊幾次工作問題都是我出面與廠方交涉的，要不二姊興許早給工廠開除了。生活上我對二姊也許照應不夠，但我從來都教育子女要多關心她。我和二姊性格脾氣差異很大，但我問心無愧的是我從沒什麼眞正對她不好的地方。」

母親說著說著，眼圈紅了。接著，她這樣結束她的辯護發言：

「我從沒想過要二姊的東西，我覺得那都好像是從天上掉下來似的。」

「爲什麼不要？是我們應該拿的那份我們爲什麼要放棄？」我的二姊一直氣呼呼地坐在那兒沒吱聲，這時卻再也忍耐不住了。她的聲音清脆響亮，擺出了一副吵架的姿態。

「不是說好小輩們不插嘴的嗎？」舅舅慢吞吞地說。

「爲什麼不可以說？既然大家已經撕開了臉皮，那就乾脆說個痛快。你們對二姨媽有什麼好？你們說呀！」二姊連珠炮似的話語，一下使得大家陷入了沉默。

「要是駱駝對二姊好一點，肯給她做乾兒子，那這些遺產就都是駱駝的了。我們也用不著坐在這裡商量什麼了。」三姨媽搖頭晃腦突然說出的這一番話，扭轉了冷場的局面。

舅舅和四姨媽也緩過神來，連連點頭稱是。於是，舅舅和四姨媽又異口同聲地數落起我的不是，我的不是也就是我一家的不是，在這一點上取得一致的舅舅和兩位姨媽，使接下去的場面變成了眾口一詞的對我的聲討。

作爲四姨媽一系的智囊人物，只有四姨媽的女婿是具有戰略目光的，他清醒地認識到，過多責難我及我一家，實際上符合舅舅的利益，他曾經屢次提醒過四姨媽，只有聯合五姨——也就是我的母親，才可能制止眞正的對手——舅舅惡性膨脹的物欲。而此時的四姨媽顯然將他的囑咐拋之九霄雲外，她也忘記了剛剛還爲了交出那幾包二姨媽留下的頗具爭議的錢，和舅舅吵得不可開交，經三姨媽一煽惑，舅舅再火上加油，她也糊裡糊塗對我及我的家人大肆討伐。按她直截了當的簡單想法，似乎輿論對母親愈不利，她也就愈加可以多分到一些財物。她的幼稚反襯出她女婿的高明。四姨媽的女婿覺得不能再讓舅舅牽著鼻子走了，假如五姨一旦從輿論上被舅舅一棍子打死，他從一開始就竭力宣導的聯盟將迅疾解體，而四姨媽這一方也就將直接、孤單地面對舅舅的挑戰。他看看情形差不多了，便選擇一個時機站起來沉穩地說：

「過去的事已經過去了。今天我們還是應該抓緊時間討論正題。」

長輩們劈頭蓋臉的譴責像雪片一樣飛來之際，我和姊姊們一開始都保持著緘默，只有母親氣得眼圈紅紅的，胸脯急劇起伏。後來又是我的二姊熬不住，跳起來大叫大嚷道：

「你們都是菩薩的話，乾脆把二姨媽的遺產一把燒掉算了，大家都不要拿。」

「這話恐怕輪不到你來說吧。」舅舅眼睛望著天花板笑嘻嘻地說。

「爲什麼不可以說？就要說，就要說！你們口口聲聲說對二姨媽好，人沒死幾天你們就爲了她的遺產拚命算計了，你們就是這樣一種好法？」

「小輩怎麼能這樣對長輩說話呢？」三姨媽搖頭晃腦地在旁邊咕噥道。

舅舅仰起頭顱，兩隻手合攏支撐著下巴頦兒，嘿嘿地笑了兩聲，說：

「奇怪啊奇怪。要說駱駝吧，二姊生前倒確實比較喜歡他，只怪他自己不爭氣；可要說你，二姊對我們講的就沒一句好話嘍。」

三姨媽用一種惋惜的口吻把我牽進來時，坐在角落裡的我，心裡像被什麼東西螫了一下的難受。我明白三姨媽爲什麼要把我拋出來亮相。現在舅舅再一次提到我，並且笑嘻嘻的，更讓我受到難以言喻的刺激。從他們的話裡，我體味到這樣的意思：你看你傻不傻，你要早一點醒悟過來，對二姨媽好一點，這些遺產就統統歸你了。是你自己放棄的，那就怪不得誰了。

三姨媽和舅舅爲我提供了一個看問題的角度：友善和索取的關係。付出是爲了得到，喪失是因爲沒有付出。道義和物質原來就是這樣緊密聯繫在一起的。我爲自己長久以來處於蒙昧無知的狀態而感到慚愧，三姨媽遺憾的神情和舅舅帶有調侃的微笑，又讓我感到莫大的羞辱。我的眼珠一動不動地遠遠望著舅舅。我覺得彷彿不認識眼前的這個人。那個在燈光下微笑著的人是誰？那個在二姊無禮反擊下萎縮成一團的人是誰？那個巍峨高大面容慈祥的男人哪裡去了？那個挎著照相機笑聲爽朗的長者哪裡去了？它們曾經存在過，它們曾經依附於某具軀體，但是現在消失了，無影無蹤了。一幢高聳入雲的建築物在我的眼前轟然倒下。

我站了起來。從口袋裡掏出一支老式派克鋼筆。我朝那個微笑著的人走去。我將那支作爲生日禮物領受的舊筆放在舅舅的面前，舅舅彷彿不忍目睹似地轉過頭去，目光朝向了天花板。然後我在眾目睽睽下走出了屋子，來到院中那棵無花果樹下，終於克制不住心底奔湧的情感，失聲痛哭起來。

浩瀚的夜空中，無數被淚水模糊了的星星在急速隕落。在我的記憶中，從未這麼傷心地痛哭過，哪怕是遭受辱罵和鞭打。我似乎要將鬱結胸中的所有委屈、恥辱、愧疚、悲痛一古腦兒全部傾倒出來。

我預感到這是一次劃時代的號啕大哭。

這時，我聽見屋裡傳來舅舅的聲音：「是應該讓駱駝好好哭一哭，那樣他會好受些的。」

40

我與老太太所進行的最後一次決定勝負的內心較量就將來臨了。

二姨媽的死去以及圍繞遺產問題的紛爭，讓我從感情上加速背離家庭的走向。遠遠地一看到家中小院裡那棵枝椏伸展的無花果樹，我的腳步便變得遲疑和凝重起來。對親戚們的厭惡導致了對母親更加繁複深入的懷疑。在我看來，那些人都是母親的姊妹兄弟，就像一棵樹的果子，難道還有什麼根本的區別嗎？對家庭離心力的日益增長，促使我投入外面世界的決心一天天堅固起來。這樣，我和老太太的那場較量就變得不可避免了。我幾乎已經聽到了咚咚迫近的開場鑼鼓。

那時候，困擾我的是一些非此即彼的問題。如果家庭是值得懷疑的，那麼外面的世界就是可以信賴的。可是當我真正來到外面世界，又重新陷入了新的困惑之中。

比如說，坐在公共汽車上，我常常看到許多人非常沉著地逃票，那些人服飾整潔，容貌端正，看上去並不像壞人，這就令我十分痛苦。道義上的煎熬使人難以做出抉擇，究竟是勇敢地衝上去指出那些人的劣跡呢，還是視而不見把頭轉向車窗外。按照從小所受的教育，我應該選擇前者。然而孤僻的性格和不當告密者的準則注定了我不會這麼做，我只能在默默的痛苦中聽憑車輛有節奏地向前駛去。有的時候，我占了一個座位，恰巧有個抱小孩的婦人過來了，對視的目光隨著車廂的顛簸僅僅幾個回合，我便狼狽地起身鑽入人群。事後我還爲刹那間的猶疑感到羞愧。但漸漸地我又對自己的羞愧心理產生了懷疑，究竟爲什麼要將座位讓給那個婦人，就因爲她抱著小孩？不是還有很多人沒讓嗎？不讓座位是否就意味著內心邪惡？不讓座位的邪惡與乘車逃票的邪惡究竟哪一種更邪惡，既然我已經容忍了逃票者的邪惡，那麼不讓座位的猶疑還算得上是一種邪惡嗎？

有一次我從中門跳上一輛長龍電車。車上的人塞得滿滿的，我從口袋裡掏出一毛錢，攢動的人頭擋住了我尋找售票員的視線。電車駛過一站後，有個人下車讓出一個座位，我坐下後更像掉進了地洞，四周的人堵得密不透風。電車停靠後又重新啓動，不一會兒，一個佩戴紅袖章的老頭出現在我的面前，斥問我是從哪裡上車的。我揮動手中的錢幣，竭力解釋了半天，臉漲得通紅，還是無濟於事。旁邊的許多乘客都你一句我一句幫著老頭要我罰款，似乎我罰得越多他們越高興。最後我掏出了一個月的零用錢才對付過去。我手心裡攥著一大疊票根，下車時一把拋向了天空，強忍著沒讓淚水湧出眼眶。

這件事情對我是印象深刻的。非此即彼的簡單善惡邏輯遭到了動搖。我似乎隱隱感到，善與惡、美與醜的分界線有時很難確定。評判的準繩究竟是什麼？是老師從小在課堂上講的那些嗎？那又怎麼來解釋我從不想逃票而遭到懲罰、許多屢次逃票的人卻安然無恙呢？倘若以往確立起來的價值標準不可信守的話，那有什麼東西可以替代它呢？

儘管如此，我還是無法讓自己跳出已有的道義準則的軌道。我還是不會去同情逃票者，還是會給帶小孩的婦人或者上了年歲的老人讓座。我不明白爲什麼要這樣做。只是事後心裡覺得比較舒坦。

這就決定了我與老太太之間的較量不可能取勝的最終結果。老太太很早開始便積聚各種力量，對她這個表面上溫順、內心深處卻事事要與她擰著幹的學生形成某種鉗形攻勢。她像一位韜略家一樣看到，這匹遠離人群的野馬最終會乖乖地跑回來。她像熟悉自己的孩子那樣熟悉她學生身上的弱點。她從不向他灌輸什麼。她要說給他聽的話從不對他一個人說。她在他身邊慢慢地逐步地醞釀一股氣體，她讓這股氣體籠罩他，包圍他，影響他，薰陶他，逼迫他在最後的一刻裡身不由己地束手就擒。

那時候常來接近我的朋友是熊貓。學農歸來後，鱷魚漸漸疏遠了我。熊貓是班長，我是副班長，每次出黑板報熊貓都要跑來求我，熊貓說他自己的美術字寫得不好，報頭題圖也畫得不行，熊貓不是說出黑板報是班委會上明確分工由我負責的，而是帶著歉意請求我幫幫他的忙。我沒辦法拒絕熊貓帶歉意的請求。出黑板報的時候，熊貓總是忙個不停，提水擦拭黑板，給我當下手做一些雜務工作。時間晚了，熊貓會跑到食堂爲我搞來點心。食堂是教師食堂，熊貓怎麼有那麼大能耐說服師傅將饅頭賣給他，這不能不讓我很久以後回想起來感到有些蹊蹺。每次出黑板報總要到天黑後才能結束。有好幾次老太太會像幽靈般悄沒聲息地出現在教室的門口，她笑微微地看著熊貓，又看看聚精會神抄寫的我，好像她對事態一步步朝著她所籌劃的方向發展深表滿意似的。離開教室時，戶外往往已是滿天星斗。我和熊貓在黑魆魆的街道上一次次結伴還家的經歷，爲我們畢業時的風光歷史埋下了伏筆。

冬天姍姍來遲。城市一片肅殺氣象。我受到熊貓的邀請，走在寒風颼颼的街上，去參加一次特別的會議。我們走到會堂門口，只見四周壁壘森嚴，一群軍人佩戴紅袖章在會堂高圍牆外面走來走去。熊貓和我隨著來自各個學校的學生幹部進入了熱氣騰騰的會場。

這是中學畢業前一年的事。這次會議留給我印象最深的一個場面是：主席台上發表演講的一位女首長尚未結束她的話語，從台下過道口突然竄出一個打扮樸素的女學生，她靠近舞台，剛好能雙手抱住女首長的兩條腿，嘴裡有節奏地低低咕噥著什麼。這時主席台兩側閃出四個身穿軍大衣的彪形大漢，他們動作敏捷地跑過去，一把擒住了那個女學生。他們肯定把女學生當作是襲擊首長的歹徒了，所以，當他們手腳麻利地將女學生推搡至舞台側面一扇小門裡時，動作不免有些粗魯，使得那個女學生哇哇大叫。那個女學生被推入那扇小門前，頑強地轉過臉來，這時我看到她的兩腮掛滿淚水，女學生用嘶啞的嗓子朝著全場喊出了被帶走前的最後一句口號：「到農村去，到邊疆去！」

全場僅僅沉默了片刻後，轟的一下，許多人都湧至主席台左側的過道下面。有人從裡面傳出一支麥克風，於是，學生們都爭先恐後，噙著淚水面對首長表決心。

坐在台下的我內心起了波動，我偷偷覷了一眼熊貓，熊貓紋絲不動坐著，我無法從他冷靜的臉上判斷出他的心理活動。我只得也像熊貓一樣紋絲不動地坐著。

會後，放映了一部名叫《決裂》的電影。電影中的一首插曲後來迅速在城市裡流行開來。直至我去了海邊，我還常常在炎熱的夏夜，聽到從蘆葦塘或從斷電的樓房裡傳出這支歌曲悠揚的旋律。不知爲什麼，我那會兒再度聽到這支歌曲，心底陡然會升起淒涼憂傷的情感。我覺得有什麼東西宛如歲月般在歌聲中悄悄失落。

一年後，我回想起來，熊貓那時候紋絲不動坐在群情激昂的會場裡的神態和面容是不眞實的。因爲夏天來臨的時候，當學校畢業分配方案一公布，熊貓差不多是全校第一個亮出了到農村去的旗號。熊貓在廣播室裡向全校師生宣布他的決定時，既沒有聲淚俱下也沒有蠱惑人心的演說，但他還是在一夜之間成了眾目睽睽的風雲人物。

那些日子裡，老太太的臉上時時掛著微笑，她走來走去瞇縫著眼睛，觀察人們對她的得意門生所做出的大膽舉動的反應。熊貓的率先表態不僅再次印證了老教師出色的工作能力，而且還使得老太太在那些排擠她的人面前，大大出了口氣。

老太太朝圍成一堆的女同學走去。眉飛色舞的下台班幹部香梨正對一群女生分析形勢。據香梨看來，熊貓的家庭情況根據分配方案本來就是軟檔，無法留在城裡，與其被分配到農村，還不如搶先亮出旗號，撈點政治資本。女同學嘁嘁喳喳，對香梨的分析剛剛做出了一些反應，不知道是誰看到笑吟吟走來的老太太，輕輕嘀咕了一句，頃刻間大家都緘默不語了。老太太走近女同學的時候滿面笑容，誰也不清楚她是否聽見剛才香梨所說的話，但香梨還是被老太太嚇退了，乘人不備之機悄悄溜走了。

香梨走到樓梯口，與剛欲下樓梯的我迎面撞上。神情恍惚的我愣了愣，臉腮微微一紅，讓過身，矜持地從香梨的左邊走下去。我的神情顯然非常刺激香梨，她略有所思地走到拐角口，忍不住又回過頭，朝著我的背影突然冒出一句：「你的好朋友已經表態了，你怎麼還沒什麼行動呵。」

我轉過頭，看到香梨的眼睛直勾勾地盯著自己，一副挑戰的神態。我無心戀戰，遲疑片刻後迅疾加快下樓的步伐。來到底樓，我的目光不由得又惶恐起來，因爲我看到了正與一群女同學說著什麼的老太太。我有些緊張，瞅個空子小心翼翼從旁邊走出了老太太的視線。

憑心而論，依我日後的記憶，老太太在畢業分配的當口從未正面與我有過什麼交鋒。每次遇到我，老太太只是用一種意味深長的目光看看她的學生。更多的時候是王顧左右而言他。但正是這種欲擒故縱式的寬容，讓我精神上感到巨大壓力，我常常能夠覺出自己與老太太之間一場眞正的較量已經來臨。

老太太的沉著是罕見的。那時候，她遇到每個同學都要詢問他們的態度，對熊貓的舉動，對分配方案，對老師將來的工作，諸如此類。她唯獨不問我。哪怕是她當著我的面詢問其他同學，她也絕不和我交談敏感的分配問題。到了後來，老太太差不多與每個同學都談過話了，我依然被冷落在一邊。這給我一個錯覺，似乎分配工作與我這個班幹部並無太大的關係。老太太開始動員同學們寫決心書表態，積極一點的寫上到祖國最需要的地方去，消極一點的寫上服從組織分配之類的話。這時從全校範圍看，已有幾個軟檔的畢業生回應熊貓的舉動，主動報名要求去最艱苦的農村。我靜觀同學們拿著毛筆在紅紙上刷刷地寫著決心書，心頭籠罩一團團迷霧。老太太究竟用的是什麼戰術？她把自己晾在一邊究竟是什麼意圖？就是對待一個普通的同學，老太太的行爲也屬反常的。有幾個同學寫完決心書走出了教室，我也隨之跟了出來。來到操場時，我被一種空前絕後的孤獨感所侵襲。

有一天，我跟在幾個女同學的後面，孤零零地一個人回家。遠遠地，我始終與七嘴八舌邊說邊走的女同學保持了一段距離。快到小街時，前面只剩下一個人了。我這才意識到，這個人是我的鄰居櫻桃。

櫻桃放慢腳步與其他女同學道別，這導致我原先與之保持的距離遭到了破壞，再走幾十米，我們差不多肩並肩走一塊兒了。

「你沒寫決心書啊？」櫻桃笑嘻嘻地問默默前行的我。

我一驚。抬頭看了一眼櫻桃。我覺得面前的櫻桃變化很大，變得我幾乎不認識了。此時此刻的櫻桃並不像從前那個癡顚的櫻桃，此時此刻的櫻桃微笑起來似乎特別文雅，像涼爽的井水，慰藉一顆煩躁的心靈。使我在那一刻對櫻桃產生好感的很重要的一點，是她知道我沒寫決心書。也就是說，我被隔絕在漩渦中心之外的時候，還是有人注意到了我的寂寞。

傍晚時分的夏日已如一只熄滅的火爐，散發出的一股股熱氣也不像正午時分那麼火燎燎的烤人。擁有兩條頎長修腿的櫻桃，身穿短袖汗衫和一條白色西短，露出黑黝黝的皮膚，走在夕陽下，顯得青春而健康。在我印象裡，櫻桃每次奪得全校女子長跑冠軍時，都穿藍色運動衫和白色西短，她的一根小辮隨著她起伏的身影晃動在長長的跑道上。

櫻桃那天的裝束肯定刺激了我的靈感。在我突發奇想結結巴巴紅著臉邀請櫻桃去看電影時，我沒想到，毫無思想準備的櫻桃竟然滿口答應。

這天晚上，內心騷動的我穿過涼風習習的林蔭道，在隱蔽地潛入電影院之前，腦際交織著一些複雜的念頭。曾經指揮推倒我家小院的是櫻桃的父親，那個將我從藏身處拖拽出來、將二姊揪上批鬥台的是櫻桃的母親，他們是我們家族誰提起來都切齒憤恨的仇人，於今我竟會與他們的女兒去約會，建立一種密不可宣的曖昧關係，這使我感到生活中的很多事都不可預料，不可思議。我的內心被荒疏已久的情感欲望一陣陣撞擊鼓蕩的同時，也不斷掠過一絲絲的恐懼感。

我潛入暗了場燈的電影院，剛剛搜尋到座位坐下，櫻桃隨後也趕到了。洗過澡的櫻桃換了條長長的裙子，身上散發出一股好聞的檀香皂味。她在黑暗中笑嘻嘻地望著我，顯得格外的興奮。

長大後不知從什麼時候起對我產生傾慕之心的櫻桃，在那天晚上，毫無保留地開放了自己。坐在黑咕隆冬的電影院裡，她一改平素那種瘋瘋癲癲癡頭怪腦的態度，變得溫存柔順，像隻無比依人的羊羔。這樣，衝動的我幾乎是在受到慫恿的情況下，做了想做的一切。我的手所向披靡地撫摸著櫻桃潤滑的肌膚，一會兒往上，一會兒往下，感覺裙裾下汩汩跳動的脈血，享受初嘗禁果的迷醉和暈眩。這是我第一次用手直接觸摸到女孩的肌膚。

這天晚上帶給我的成功喜悅，以及伴隨而來的陶醉感久久地環繞著我。無論是白天還是夜晚，我只要稍不注意，思緒就會飛翔滑落在那天晚上的電影院，眼前便會浮現櫻桃側過身體擋住鄰座視線的機敏姿勢，便會浮現櫻桃嘴唇微啓、臉蛋上仰的動人神態。幾天後，當我發覺我的冒險行爲並不爲人所知，在一個天賜良機的下午，我給走在小街上的櫻桃一個明確的示意動作，將她邀進了空無一人的家中。

櫻桃飄然而入後，我下意識地關閉了門。稍稍遲疑片刻，我隨即輕推了一把櫻桃，在我的引領下，我們爬上陡直的樓梯，來到了小閣樓。站在晦暗的閣樓斜頂下，我的身體開始輕輕戰慄起來，我甚至聽得見自己牙齒互相碰撞的咯咯聲。害怕不僅源於這件事情本身具有偷偷摸摸的性質，還來自於我對這件事情發展下去將會導致什麼結局的一種無知和恐懼。

我將櫻桃推倒在床上。並很快將她的衣服一一卸下。

一具活生生的、微微扭動喘息的全裸少女人體展現在我面前了。

我的腦袋嗡嗡作響，身體顫抖得像片冷風中的樹葉。我覺得眼前漸漸模糊起來，只有一團火焰在熊熊燃燒，而自己將迅速在大火烈焰中化成灰燼。我嘴唇微啓，喉嚨焦渴難忍，我艱難地控制住自己，不然我想我很快就會倒下的。我一步步移動鉛一樣沉重的雙腿，向前面，向那具令人眼花目眩的少女人體撲去，就像久別故鄉的遊子撲向土地。我的臉龐靠上櫻桃高聳胸脯的剎那間，身體觸電般地抖動起來，猶如一只狂風大作中的風鈴。

本能驅使我去征服那具少女身體。然而這時，呻吟著的櫻桃突然冒出一句：「我要懷孕了怎麼辦？」

我一下猛醒過來，一躍而起，三下兩下把衣服全部扔還給了櫻桃。一直到櫻桃離開閣樓很久之後，後怕還使得我的心撲通撲通狂跳不已。

這次幽會對我的影響是不可低估的。我像偷了別人東西似地整整幾天不敢抬頭正眼看人。我覺得自己已經滑向了墮落的深淵。是與非的內心拷問折磨著靈魂，使得我如同負罪的囚徒，希冀著被鞭打，被懲罰。

我那時候的狀況和心態，自然給了老太太一個極佳的時機。一天，她找到機會，對站在我身邊的熊貓說了一句：「不能讓好朋友落伍啊。」

熊貓看看我，我一聲不吭，內心卻在剎那間動搖了。這就使得老太太和她學生之間的這場曠日持久的較量，很快就有了結果。

連著幾天的寢食不安，使我的精神已瀕臨崩潰的邊緣。

一個星期之後，在學校的一個動員大會上，我猛丁站起，遊魂似地走上了講台。在眾目睽睽之下，我從口袋裡掏出了一張紙。那是一張白紙，上面沒有任何內容。但所有的同學和老師都以爲那上面寫了東西，都以爲我是照本宣科，這些我都不知道，我也以爲我是照本宣科。當時的情形我事後都想不起來了，由此可見，我當時處於一種夢遊般的狀況。我已很久沒這樣了。

我向全校師生莊嚴宣布：我不要留在城裡，我自願報名去最最艱苦的海邊。我不要做一隻屋簷下的鳥雀，我要像雄鷹那樣去搏擊長空，搏擊長空～～

我失控的聲音經過擴音器的傳播，在學校的每個角落迴盪……

所有表示要去農村的學生，包括熊貓在內都是軟檔，而像我這樣按照分配方案可以留城的硬檔，也表態去外地，並且是去又遠又苦的海邊，這不能不在校園內引起軒然大波。

熊貓和大家一樣，震驚之餘又有些暗暗高興。他從未勸說他的好朋友這樣做。甚至在老太太那天明確暗示他應該提攜幫助我時，他也只是含混地說了一句「他自己會選擇的」，熊貓的這句話怎麼理解都可以。但熊貓也許不會明白，他實際上所起的作用要遠遠超過他日後所感覺到的和所估量的。在向上和向下的苦苦抉擇中，熊貓自然而然，在他朋友的心目中成了一杆尺規。如果說那次幽會之後，櫻桃成了一種向下的象徵，那麼熊貓就是一杆向上的尺規。當處於重重苦惱之中的我，面前出現了邀我一同回家的熊貓，哪怕他什麼都不說，也無疑是一股強大的拖拽我冉冉上升的力量。和熊貓一同走在回家的路上，我感到傾斜的心理恢復了平衡。

最得意的人莫過於老太太了。她似乎早就知道事情會這樣。她之所以長久以來對她的學生採取一種姑息態度，從不指出他的過錯，從不在他面前抖落那些桃色豔聞，好像就是爲了醞釀最後的一幕好戲。

她的冷處理戰術最終被證實是頗具威力的。她像晾一件衣服一樣將她的學生晾在一邊，只等它水氣散盡，變得無比的輕，無比的醜陋，她只需把手伸過去，衣服自然不堪一擊地掉落下來。

41

火車行駛在三月溫煦的陽光裡。春意拂動的田野快速朝後隱退。此趟列車的目的地是母親的故鄉——浙中山區。

我和母親並排坐在靠背椅上，一語不發地觀望著窗外的景色。清明節快到了，舅舅提出把二姨媽的骨灰盒送回家鄉，同外婆外公的合塚葬在一起，他希望兩位姊姊能夠同行。出於禮貌，舅舅也邀請等待分配通知的我去鄉下做客。母親自從攜兒帶女逃離家鄉後，幾十年裡一直沒有回去過，她很想在父母的墳前盡一點孝心，舅舅的建議提供了一個機會。

坐在車廂裡的母親目光恬靜，幾縷鬢髮隨風飛動。她似乎已從此前的懊喪中漸漸解脫出來。我沒想到，我報名去海邊的決定居然對母親的打擊如此之大。

母親站在小院門口，攔住企圖進入我家的老太太，她流著淚指著她兒子的老師說：「我恨你，都是你的鼓動，才使得我的兒子頭腦一時發熱，做出了錯誤的決定。」

老太太在那一刻顯得很尷尬，但她依然笑嘻嘻忍著委屈說：「你可以問問你的兒子，我什麼時候鼓動過他？」

站在一旁被母親的眼淚撩撥得心煩意亂的我，面對老太太質詢的目光，點點頭，以表示同意老太太的說法。

母親說：「假如不是你在起作用，那好，你去對校方說，我兒子收回他的決定。」

老太太即刻連連擺手，低聲咕噥道：「那恐怕不行，現在已經晚了。一切都已經晚了。都是你兒子自己願意那麼做的。你知道嗎，他現在是風雲人物。」

我一旦遊魂似地跨出了那一步之後，心底就被衝動的火焰煽得滾燙滾燙，渾身的激情也猶如火山爆發一般噴湧而出。我的腦海裡只有一個念頭：拋棄過去的一切，像鳳凰那樣涅槃。我將巨幅決心書高貼在大樓門口，只要有機會，我都會主動發表演說，不僅在校內而且還去外校演說。我好像要把從小寡言少語的損失一下撈回來。我現身說法，以虛構的內心世界的反覆過程，來勸導和鼓動別人像我一樣放棄留在城裡的念頭。我將一份宣傳材料上的內容背得滾瓜爛熟，在把海邊生活描繪得無與倫比的時候，我告訴台下那些觀望的畢業生：那裡吃得比城裡還要好，土豆炒肉片一大碗只要一角五分錢。我的毫無節制、無限上升的演說熱忱，以及隨口編造的想像力，使得坐在旁邊陪伴我的熊貓，也不由得暗暗吃驚目瞪口呆。爲了獎勵我的行爲，紅衛兵組織突擊吸納了我，將我放得很大的巨幅照片掛在櫥窗裡，任命我和熊貓爲赴海邊戰鬥隊的負責人。

在這些日子裡，我像一團燃燒滾動的火球，我似乎甩掉了長長的跟隨在身後的魔影，所有的豔聞，所有與異性交往的不光彩的經歷，以及多少年來因家庭出身問題使我無法挺直腰桿的壓抑感和陰鬱感，都在騰騰昇華的演說熱情中化爲烏有。我將演說變成了一次次傾訴。我在一次次傾訴之中感覺身體的冉冉上升。我下沉得太久太久，故而完全放棄了控制上升的速度。

當靈魂田野上的急風暴雨席捲而過之後，我像剛剛發完高燒大病初癒的病人一樣，有種虛脫的感覺。很奇怪，我完全遺忘了我曾經說過什麼，做過什麼。

在家等待分配通知的日子，狂躁的情緒棄我而去，我又恢復了往常的安寧和沉默。我整日大睡，以此來休整疲憊的身心。在我內心裡，親戚們已經不復存在，我是在一種痲木的狀態下與母親一起前往鄉下的。

列車在靠近平原的地方停下了。我和母親下了火車，轉乘長途汽車。汽車顛簸了數個小時之後，駛進了山區。盤山公路宛如一根飄逸的綢帶甩向浙中丘陵地區，汽車在這根綢帶上滑行，像是在丈量起伏不定的山勢地貌。

傍晚時分，一條小溪從山坳淙淙流出，繞過車身，又蜿蜒朝山下流去。我和母親走下車來，只見小溪兩側沿途一溜排開的都是小商小販。錯雜含混的吆喝聲叫賣聲隨暮色四處瀰漫。走出這條長長的集市，便是阡陌縱橫的田野。舅舅和圍著圍兜的四姨媽，從一幢瓦房前的菜院子裡迎了出來。

我在鄉下度過了萬木復甦的初春季節。田野、小溪、集市、大山，挑擔上門的賣豆腐郎，以及回響山間的鶴唳鳥鳴聲都讓我這個閉塞的城裡人感到無比的新鮮。我隨鼓樂齊鳴的隊伍，沿著砍柴人的足印在山道上攀援，那個手捧二姨媽骨灰盒的淳樸農民，向我講述了關於白毛山鬼的故事。登上雲霧繚繞的山巔，山民們點燃錫箔紙錢，拖長聲調吟唱哀戚低迴的無字歌。我在外公外婆的合葬墳前，像母親那樣放上一棵青翠的松枝。雖然我不知道我爲何要這樣做，但在香煙嫋嫋的山岡上，置身一片機械的吟唱聲中，我被一種莫名的肅穆感緊緊攫住。

鄉間四月，遍地野花。

我在一片甘蔗地裡，結識了楊梅和草莓。楊梅長得眉清目秀，異常水靈，是這一帶少見的漂亮姑娘。與楊梅相反，草莓又胖又醜，圓圓的大臉蛋上，終年不褪冬天裡凍壞皮膚後留下的紅斑。

晚飯後的掌燈時分，我就與楊梅和草莓在一起玩牌消閒。在田裡忙乎了一天的楊梅和草莓，這時候才有空暇放鬆一下。有時候，舅舅也插進來打牌。他一邊摸牌，一邊用紅紅的醉眼不時朝楊梅眨巴。

「想不想拍照呵？小姑娘。」興致頗高的舅舅出了一張牌後問楊梅。

「要拍要拍。」草莓搶著回答。

「想不想拍照呵？」舅舅沒能得到滿意的回答，繼續問道。

直到舅舅朦朧的醉眼裡看到楊梅懇切地點頭後，他才把牌一甩，打著呵欠睡覺去了。

天氣晴朗陽光明媚的下午，頭髮梳得整整齊齊的舅舅，挎著一架照相機，帶著楊梅朝山裡走去。正在菜田裡幹活的草莓見了，奔至村路邊，一個勁地說：「舅叔公，我也要拍照，我也要拍照。」

見舅舅遲疑地一頷首，草莓旋即奔回村裡，換了一件大紅的衣服，氣喘吁吁地跑向山裡。

胖乎乎的草莓好不容易找到舅舅和楊梅時，楊梅正一隻手搭在松枝上，手腕上露出一塊舅舅臨時借給她的新手錶，笑對著舅舅的相機。喀嚓一聲，舅舅打了個響指，他似乎很滿意剛剛完成的作品。

草莓跟在後面，隨舅舅和楊梅在山裡轉了一大圈，才撈到一次機會，展露她那件大紅色的衣衫。後來，當她再度懇求舅叔公時，舅舅告訴她相機裡沒膠片了。

楊梅和草莓只會說鄉間土話，我憑藉從母親已經走樣的方言裡聽熟的一些詞，依稀辨別兩位農村姑娘的對話。她們對普通話也很陌生，費好大勁才能明白我的意思。我們一起去山下看電影的路上，我曾向她們詢問流傳這一帶的有關白毛山鬼的傳聞。當她們反覆猜測，終於恍然大悟之際，兩人嚇得噤若寒蟬，一聲不吭地在星光月色下疾步快走。

我與楊梅和草莓的頻繁約會，被舅舅和四姨媽察覺了，他們先是冷言冷語，然後讓母親出面制止我晚間外出。當我又一次準備冒著風險溜出去之際，舅舅紅著眼睛坐在門口的長凳上，敲敲面前的酒盅威脅說，如果我再這樣下去，就提前結束這趟鄉間之旅。

舅舅的過激反應讓我很費解，這期間如果不是一位不速之客的到來，我與舅舅的一場正面衝突恐怕就難以避免了。

不期而至的是「天公神仙」。他精瘦的身子像一個幽靈似地出現在鄉間小道上。他來了之後就好像住在自己家裡一樣，整天嘻嘻哈哈裝瘋賣傻，晚上沒人給他安排床位，他就將幾張板凳拼在一塊，睡在上面居然還打出很響的呼嚕。吃飯時誰也不用叫他，他總第一個搶占好座位，自說自話拿過舅舅的酒壺給自己斟酒，他把自己的眼睛灌得和舅舅一樣紅，然後直勾勾地盯著舅舅，兩雙紅眼睛對望著，像尋釁的公雞。

「舅舅應該知道，我們這個國家是有政府的，對嗎？」「天公神仙」反反覆覆重複著一句話。

當「天公神仙」把這句話重複到第六遍的時候，舅舅拿出了一把尺子，他捋起袖管，將尺子敲在桌子上，發出啪啪的聲響。

「要麼吃酒，要麼吃尺子。」舅舅說。

「天公神仙」愣了愣，隨即爆發出一陣公鴨般的狂笑聲。「小兒科，你還跟我玩小兒科，我走南闖北，什麼沒見過？你把我母親騙到城裡去，最後用一包爛衣服將她打發掉。她是被你氣死的，你不會不知道嗎？」

「放……屁，」舅舅的舌頭後來開始大了，「你、母親是、地主婆，她怎麼有資格、繼承工人、階級的遺產……你是、對的，你和你母親、已經劃清界線、很多年了……」

「你……你是一個……騙子，」「天公神仙」的舌頭也大了，「一個……大騙子……」

「天公神仙」邊說邊揮過手臂去搶奪舅舅手中的尺子，舅舅死活不讓尺子脫手，於是，舅舅和外甥兩個人搶來奪去，最終在桌上扭成了一團……

第二天一大早，「天公神仙」跑到了鎮政府，一紙訟文將舅舅告了上去。從而拉開了一場曠日持久的馬拉松式的家庭財產官司的序幕。

舅舅最終輸了這場官司，將鄉間臨街的一間門面房劃給了「天公神仙」，那是八、九年以後的事了。

我是一個人悄悄離開母親故鄉的。在此之前，我已作好了相應的準備。因爲「天公神仙」的出現，舅舅和四姨媽已顧不上我了，同樣的原因，母親也得暫時留下，我的悄然出走沒有引起他們任何人的注意。

一個天色未明的早晨，我輕手輕腳地拉開沉重的木門，繚繞的霧靄中，楊梅和草莓已推著一輛獨輪木架車，站在不遠處的村路旁。健壯的草莓推車，我與楊梅各坐一邊，獨輪車往鎮汽車站方向推去，我逃離鄉間生活的計劃開始實施。

與楊梅和草莓在鎮汽車站告別，我看到兩個淳樸的姑娘眼睛裡噙著淚花。坐上汽車後，她們踮著腳朝我使勁揮手。一股濃重的憂傷情緒突然籠罩了我。我想，再過些年，她們都會出嫁，嫁到鄰近的山村去，生兒育女，而我恐怕這輩子再也沒有可能見到她們了。

傍晚時分，我轉乘火車。憂傷的情緒依然沒有散去。

火車駛過茫茫黑夜。我望著車窗外遙遠的一片暗火般的燈光發愣。我知道，再過一會兒，列車就要經過我父親的老家。母親來的時候似乎不經意地提起過。那是個我熟悉名字卻從未去過的地方。我毫無感覺。那片掩沒於夜色之中的燈火與我有什麼關係？那個不知屍骨埋在何方的人的老家與我有什麼關係？我只不過去了一趟母親的故鄉。僅此而已。母親的故鄉只屬於母親。

我要睡覺了。

文學叢書 248

INK PUBLISHING

穿旗袍的姨媽

作　　者　里　程
總 編 輯　初安民
責任編輯　陳思妤
美術編輯　林麗華
校　　對　吳美滿　陳思妤

發 行 人　張書銘
出　　版　INK印刻文學生活雜誌出版有限公司
台北縣中和市中正路800號13樓之3
電話：02-22281626
傳真：02-22281598
e-mail:ink.book@msa.hinet.net
網　　址　舒讀網http://www.sudu.cc

法律顧問　漢廷法律事務所
劉大正律師
總 代 理　成陽出版股份有限公司
電話：03-2717085（代表號）
傳真：03-3556521
郵政劃撥　19000691 成陽出版股份有限公司
印　　刷　海王印刷事業股份有限公司

出版日期　2010年2月　初版
ISBN　978-986-6377-26-6

定　　價　260元

國家圖書館出版品預行編目資料

穿旗袍的姨媽／里程著.
---初版. --台北縣中和市：
INK印刻文學 ,2010. 2
256面；15 × 21 公分.
--（文學叢書；248）
ISBN　978-986-6377-26-6（平裝）

857.7　　98020075